www.tredition.de

AF202299

Anna Löper

Alle lieben Ferkel

Frau Ferkel auf dem Weg zur neuen Normalität

www.tredition.de

© 2020 Anna Löper

Verlag und Druck:
tredition GmbH, Halenreie 40-44, 22359 Hamburg

ISBN
Paperback: 978-3-347-22341-7
Hardcover: 978-3-347-22342-4
e-Book: 978-3-347-22343-1

Vorwort

Das auf den folgenden Seiten dargestellte Geschehen ist rein fiktiv und soll dem geneigten Leser nur heitere Unterhaltung bieten und nicht zwingend zum Nachdenken anregen, wobei es natürlich im Rahmen der immer noch herrschenden und entgegen dem Willen der Realpolitiker dieses Landes weltweit geltenden Gedankenfreiheit nicht generell möglich ist, bei jedem Leser die kritische und nachdenkliche Auseinandersetzung mit dem Stoff und der Handlung zu verhindern, obwohl dieses keinesfalls gewünscht und beabsichtigt ist.

Hinsichtlich der Charaktere in dieser Erzählung gilt das Gleiche wie für das Geschehen. Alles ist Fiktion, keine der dargestellten Personen gibt es so in der Realität. Sie sind nur Figuren in einer Geschichte. Dies möge der Leser berücksichtigen. Sollte diese oder jene Leserin, jener oder dieser Leser - um hier mal kurz perfekt zu gendern, was ich mir aber im Folgenden aus Gründen der Lesbarkeit ersparen werde - dennoch irgendwelche Ähnlichkeiten zu real existierenden Personen erkennen, so liegt dies zwar jenseits der Autorenintention, ist aber auch nicht grundsätzlich verboten.

Generell wird aber empfohlen, dass alle Leser sich gemäß dem Wunsch der Autorin verhalten, und keine über den reinen Lesegenuss hinausgehenden

Assoziationen oder Analogieschlüsse entwickeln und insbesondere keinen, wie auch immer gearteten, kritischen Überlegungen Raum geben.

Alle, wirklich alle Leser, können jedoch sicher sein, dass, falls sie sich nicht an die Empfehlung der Autorin halten, keine wesentlichen Strafmaßnahmen drohen. Zumindest nicht seitens der Autorin.

Während des Lesens ist das Tragen einer Mund-Nasenbedeckung nicht zwingend erforderlich. Wer aber selbige als notwendig erachtet, etwa um sich und andere zu schützen, und die Rückatmung des CO_2 nicht als unangenehm empfindet, darf diese selbstverständlich verwenden, denn wir leben ja in einem freien Land.

Ebenso sind alle möglichen Hilfsmittel, die dem Wohlbehagen des Lesers während des Lesevorgangs dienen, erlaubt, als da wären: Lesebrille, Weinglas, Schokoriegel, Kuscheldecke und vieles mehr.

Geräuschvolles lautes Lesen ist allerdings nur insoweit gestattet, als sichergestellt ist, dass keine anderen Personen hierdurch belästigt oder geschädigt werden, was heißen soll, dass die Abgabe von Aerosolen an die Umgebungsluft zu vermeiden ist, zumal auch Haustiere hierunter leiden könnten. Gegebenenfalls ist ein Nachweis darüber zu erbringen, dass der Leser in der Lage ist, aerosolfrei zu atmen.

Alle anderen Entscheidungen hinsichtlich des Lesens und der Begleitumstände bleiben dem Leser bis auf Weiteres selbst überlassen, da jeder in diesem Land das Recht auf ein Stückchen Selbstbestimmung und einen gewissen Grad an Autonomie hat, und niemand geneigt ist, die Leserschaft unnötig einzuschränken oder gar zu gängeln.

Vorjahresseptember

Die Kanzlerin stand am Fenster. Sie war in großer Sorge. Soeben hatte sie versucht mit den Fingern eine Raute zu formen. Die Raute war ihre größte Alltagshilfe. Der Druck der aufeinander gepressten Finger gab ihr seit Jahren das Gefühl von: Ich bin klug und mächtig! Sie glaubte fest daran, dass, solange ihr die Raute gelingen würde, niemand vom Volk ihre Herrschaft verhindern könnte. Schließlich war sie es, die der große Wiedervereinigungskanzler Hohl seinerzeit zu „seinem Mädchen" ernannt hatte.

Allerdings wusste selbiger damals noch nicht, dass dieses Bild vom guten Onkel und seinem kleinen Mädchen nicht unbedingt positiv assoziiert wird.

Sie versuchte die Raute. Verdammt, so sehr sie sich auch bemühte, es wollte ihr nicht gelingen. Was war das? Musste sie um ihre Position fürchten?

Sie ging an ihren Schreibtisch. Sie ergriff den darauf befindlichen Spiegel. Sie brauchte eine Bestätigung ihrer Macht. Sie bekam einen leisen Weinkrampf. Sie musste den Spiegel befragen.

Spieglein, Spieglein in meiner Hand,

wer ist die Mächtigste im ganzen Land?

Sie, Frau Ferkel, das ist doch klar,

aber Hameck und Verbock sind gefährlich nah.

Sie haben eine Öko-Bibel geschrieben,

und hoffen nun, dass alle Menschen sie lieben.

Und so wurde Kanzlerin Ferkel gewahr, grüne Politiker sind eine echte Gefahr!

Aber andererseits hatte der Spiegel sie auch beruhigt, denn er hatte ihre Allmacht vorerst bestätigt, auch wenn Gefahr drohte.

Sollte sie etwas unternehmen, um die Krise abzuwenden? Oder war es besser, nach alt bewährter Methode, abzuwarten, nichts zu tun und die Hände, zur Raute geformt, in den Schoß zu legen, so, wie sie es fast fünfzehn Jahre lang in Gefahrensituationen gemacht hatte. Sitzen, rautieren, abwarten bis die anderen Handlungsvorschläge unterbreiten und diese dann als die eigenen Lösungsansätze präsentieren. In der Vergangenheit hatte sich diese Methode fast immer bewährt. Doch jetzt war sie unsicher und völlig ratlos.

Sie griff zum Telefon. Sie wählte eine Nummer.

„Handknarrenbauer hier, was gibt`s?

„Hallo Ännchen, hier ist Änji. Ich brauche dich, wir müssen reden. Sofort."

„Änji, du? Reden, wir? Jetzt? Aber das können wir doch heute Abend beim Essen."

„Nein Ännchen, ich brauche unverzüglich deinen Rat. Du musst sofort kommen."

„Änji, das geht nicht. Ich habe jetzt wirklich keine Zeit, ich muss die Knarren ausprobieren, die Flintenmuschi vor 5 Jahren bestellt hat. Ich habe sie heute im Waffenlager unter dem Klopapier entdeckt und, weil sie so lange schon da liegen, läuft nächste Woche die Garantie ab. Wir haben sie gerade auf einen alten Karren geladen und wollen sie zur Teststation bringen. Sie müssen unbedingt diese Woche noch getestet werden."

„Das kann doch die Flintenmuschi machen, die ist doch Munitionsmeister."

„Aber Änji, hast du denn vergessen, dass die Flintenmuschi jetzt in Brüssel sitzt. Du hast sie doch selbst weggelobt und, weil ich eh gerade einen neuen Job brauchte, hast du mich zum Munitionsmeister, äh ... ich meinte natürlich zur Munitionsmeisterin - entschuldige, ich vergaß die gendergerechte Sprachanwendung - ernannt. Erinnerst du dich?"

„Hm, ja stimmt. Ich habe die Flintenmuschi nach Brüssel geschickt, weil die den Manni Geber dort nicht haben wollten und weil sie hier überflüssig war. Ich habe das wohl für einen kurzen Moment vergessen. Ich kann ja nicht immer alles im Kopf haben. Wenn man so viel zu tun hat wie ich, kann man Kleinigkeiten schon mal vergessen. Aber egal, du musst dringend kommen. Knarren hin Knarren her, es duldet keinen Aufschub."

„Na gut, wie du meinst. Dann muss ich mich halt heute Nacht um den Karren mit den Knarren kümmern. Aber zur Belohnung für die Nachtschicht hätte ich dann gerne einen neuen Zwerg für meinen Garten. Du hast ja diese guten Beziehungen zu dem Keramikkünstler, der die schönsten Zwerge der Welt mit den so originalgetreuen Gesichtszügen herstellt."

„Klar, geht in Ordnung. Welches Gesicht soll der neue Zwerg denn haben? "

„Das Gesicht vom Sauerlandfritze. Er ist mein aktueller Lieblingsfeind. Ich stell den Zwerg dann auf das neue Mistbeet in unserem Garten."

„Jooh, das hört sich gut an. Statt auf meinem Stuhl, wo er eigentlich hinmöchte, landet er auf deinem Mistbeet. Genau da, wo er hingehört. Super. Aber jetzt komm bitte schnell. Es ist wirklich dringend."

„Okay, in dreißig Minuten bin ich da."

Dreißig Minuten. Da habe ich ja noch genug Zeit fürs Klo und ich kann direkt kontrollieren, ob die Herren nicht wieder das Klopapier von der Damentoilette geklaut haben, nur weil sie zu faul sind neues zu bestellen oder sich wieder stundenlang streiten, wer denn jetzt für die Bestellung des Klopapiers zuständig ist.

Andererseits ist es gut, sogar sehr gut, dass sie sich mit solchen Themen beschäftigen, so können sie mir wenigstens nicht zu viel ins Machtwerk fuschen.

Ach, bevor ich es vergesse, ich muss schnell noch den neuen Zwerg für Ännchen bestellen.

Die Dienerin meldete die Ankunft von Ännchen Handknarrenbauer.

Kanzlerin Ferkel ging zitternd auf sie zu und umarmte sie.

„Aber Änji, was ist denn passiert? Ich habe dich selten so fassungslos gesehen. Hat der Ziemsack dich wieder attackiert?"

„Nein nein, das ist es nicht. Es ist schlimmer. Ich kann keine Raute mehr machen. Und du weißt, was das für mich bedeutet. Und noch schlimmer. Der Spiegel, er sagt, dass es eine neue Gefahr gibt. Diesmal sind es die Grünen."

„Die Grünen? Bist du sicher? Wo du doch so viel gemacht hast, was in ihrem Sinne ist und was sie sogar häufig lobend erwähnen."

„Ja, ganz sicher. Mein Spiegel sagt es!"

„Du meinst ernsthaft, dieser Hameck und diese Verbock, die beiden Armleuchter könnten irgendwas gegen dich ausrichten?"

„Normalerweise halte ich das auch nicht für möglich, aber mein Spiegel sagt das. Und bisher hatte er immer recht."

„Natürlich, wenn dein Spiegel es sagt, dann wird es so sein. Schließlich hat er ja in 2017, als kaum noch wer an eine Fortsetzung deiner Kanzlerschaft glaubte, auch vorausgesagt, dass du noch mal Kanzlerin sein würdest. Und wie wir alle wissen, ist genau das passiert."

„Ich brauche deinen Rat, Ännchen. Was können wir tun? Gegen unsere Gegner und insbesondere die Grünen?"

„Hast du deinen Beraterstab schon dazu befragt? Ich denke, dass sollten wir zunächst mal tun."

„Eine großartige Idee, natürlich, mein Beraterstab soll mich beraten. Wozu ist er da? Ich verstehe nicht, wieso ich selbst nicht auf diese Idee gekommen bin."

„Dann schlage ich vor, du klärst das erst mal mit dem Beraterstab und dann können wir uns heute Abend beim Essen weiter unterhalten."

„Ja, so machen wir es. Herzlichen Dank für deinen guten Ratschlag, Ännchen. Ich wusste immer schon, dass ich mich auf dich verlassen kann."

Der Beraterstab tagte. Er analysierte die Situation. Er beurteilte die Gefahrenlage. Er sprach mit dem Spiegel. Gemeinsam mit dem Spiegel kam er zu folgendem Ergebnis:

Frau Ferkel, Frau Ferkel und siehst du nicht dort,

Hameck und Verbock sind längst schon vor Ort,

sei achtsam und traue nicht ihrem Wort,

denn sie wollen nicht, dass du die Kanzlerin bist,

sie wollen ein Volk, dass aus ihrer Hand frisst.

Kanzlerin Ferkel nahm die Warnung zur Kenntnis. Am Abend beriet sie sich erneut mit ihrer Vertrauten Handknarrenbauer. Sie wurde leicht panisch.

„Ännchen, was können wir gegen den Aufstieg von Hameck und anderen Grünschnäbeln tun? Sag mir, hast du eine Idee?"

„Gib mir ein bisschen Zeit, Änji. Ich muss in Ruhe darüber nachdenken. Ich werde die nächste Woche jeden Tag eine Portion "Armer Ritter" mit Jägersauce essen, dann wird mir schon was einfallen, womit wir Hameck und Konsorten vom Kanzleramtshof jagen können."

„Okay Ännchen, so machen wir es. Ich hoffe, dass deine Jägersaucenkur - gejagt wird armer Ritter - mir helfen kann. Aber lass dir nicht zu lange Zeit, denn du weißt, wenn der Feind naht, ist Eile geboten."

„Klar, du kannst dich auf mich verlassen. Das kriegen wir hin."

Nach einer Woche täglichem Genuss von Jägersauce mit armem Ritter hatte Handknarrenbauer den erlösenden Traum, der zur strategischen Bewältigung des Problems erheblich beitragen soll.

Erneutes Treffen von Handknarrenbauer und Ferkel.

„Schön dich zu sehen, Anji. Aber du siehst schlecht aus. Wirklich sehr schlecht. Geht es dir nicht gut?"

„Der Stress, Ännchen. Das ist der Stress. Seit Tagen kann ich nicht mehr schlafen und, was noch viel schlimmer ist, seit Tagen kann ich nicht mehr rautieren. Es will mir einfach nicht gelingen."

„Du Ärmste, das tut mir leid für dich. Du ohne Raute, das gibt es doch gar nicht. "

„Leider doch, deshalb hoffe ich, dass du heute eine gute Botschaft für mich hast."

„Ja, die Kombination Armer Ritter mit Jägersaucen hat mir einen hilfreichen Traum beschert."

„Dann spann mich nicht so auf die Folter, erzähl!"

Wer reist so fröhlich durch das Land im Wind,

es ist der Hameck, mit Gretchem, dem Kind.

Er hält das Mädchen wohl in dem Arm,

er hält es sicher, er hält es warm.

Er weiß, dass sie ihm sehr nützen kann,

wird er so bei der Jugend zum geschätzten Mann.

Gretchen, warum reist du mit Hameck,

dem Wicht?

Siehst Kindchen du, die Frau Kanzlerin nicht?

Mein Gretchen, willst du nicht mit mir gehen,

ich finde deine braunen Zöpfe so schön.

Sei ein liebes Kind und geh mit mir,

einen schönen roten Teppich bereite ich dir.

„Verstehst du, Anji? Wir müssen dem Hameck das Gretchen abjagen. Nur so kann es funktionieren."

„Wie? Das Gretchen abjagen? Was soll denn das heißen? Du hast wohl zu viel Goethe gelesen?"

„Nein, nein. Überleg doch mal. Der Hameck und die Verbock touren seit Wochen mit diesem kleinen schwedischen Gretchen durch die Gegend."

„Schwedisches Gretchen? Ich verstehe nicht, kannst du mich bitte aufklären?"

„Du hast die bestimmt schon mal im Fernsehen gesehen. So eine hübsche Kleine, mit dicken Zöpfen. Sie will das Klima retten. Sie hat ein Buch geschrieben, mit dem Titel: Ich will, dass ihr in Panik geratet."

„Aber warum reist der Hameck mit diesem Kind durchs Land? Ich frage mich, was soll das bringen?"

„Naja, auf diese Art und Weise kann er sich als großer Klimaretter etablieren. Du weißt, die Jugend denkt grün und sozial und so bringt ihm die Aufnahme in die Gretchenfangemeinde ´Free days on Fridays` möglicherweise viele Wählerstimmen. Ich habe mir mal seine letzten Umfragewerte angeschaut und muss sagen, dass er beachtlich in der Gunst des Wählers zugelegt hat, seitdem er mit dem Gretchen on Tour ist. Und wir wissen ja, wer mit 20 und drunter nicht grünsozial ist hat kein Herz. Und wer will schon kein Herz haben?"

„Vermutlich hast du Recht. Dieser Hameck will sich in Richtung ökosozialer Kanzler etablieren. So´n Mist. Die SPD mit ihrem idiotischen Hohlauf Holz, der blöden Fresskens und dem törichten Schmorganz haben wir endlich außer Gefecht gesetzt und jetzt fangen die Grünen an und wollen immer mehr zu sagen haben. Wir müssen was unternehmen. Wir müssen dem Hameck zeigen, was für ein kleiner Wicht er ist. Können wir ihm nicht irgendwas anhängen, weil er mit dem Gretchen unterwegs ist. Schließlich kann man es so sehen: Da ist ein Mann mit einem minderjährigen Mädchen unterwegs. Das gibt zu denken. Da ist viel Spielraum für Vermutungen und Gerüchte."

„Nein, nein, das halte ich nicht für gut. Das birgt zu viele Risiken für uns. Der Schuss kann in die falsche Richtung gehen. So ein Geschütz sollten wir erst auffahren, wenn alles andere nicht mehr funktioniert. Ich habe eine andere Idee. Ich denke an meinen Traum und er sagt mir, dass es besser ist, uns um die Gunst vom kleinen Gretchen zu bemühen, sie auf unsere Seite zu bringen und dich als die großartige Klimakanzlerin zu präsentieren, die voll hinter ihr steht und sie in jeder Hinsicht unterstützt. So nehmen wir dem Hameck den Wind aus den Segeln."

„Aber wie Ännchen? Was meinst du, wie soll das gelingen? Du weißt, ich habe keine Kinder und daher weiß ich auch nicht, wie man mit ihnen umgeht und wie man sie für sich gewinnt. "

„Das kriegen wir schon hin. Mach dir da keine Sorgen. Du sollst ja nicht Gretchens Kinderfrau sein. Du musst dich ein bisschen einschmeicheln, ihr einen roten Teppich ausbreiten und halt so die üblichen Aufmerksamkeiten, du weißt schon. Vielleicht könntest du sie zum Umweltengel ernennen, zum deutschen Umweltengel, was denkst du?"

„Das wäre kein Problem, von mir aus können wir sie auch zum europäischen Umweltengel ernennen. Ich sag der Flintenmuschi Bescheid und sie wird das dann schon so durchsetzen. Sie ist mir noch was schuldig, wegen der Geschichte von damals, als sie der Beraterfirma ihres Sohnes einen dicken Auftrag erteilte."

„Ja klar, ich erinnere mich. Dann würde ich mal sagen, du kümmerst dich um die Sache mit Flintenmuschi und ich lade Gretchen zu dir ins Kanzlerhaus ein."

Zwei Wochen später.

Gretchen Pimpim Tunzwerg trifft im Kanzleramt ein. Sie schreitet über den roten Teppich, den man, wie versprochen, für sie ausgebreitet hat. Ihre Zöpfe sind hübsch geflochten. Sauber und ordentlich. (Wie man im Laufe des Tages über diverse Kanäle erfahren sollte, hatte Monalena Verbock ihr am Morgen die Zöpfe geflochten. Auch Klaut Streber und Majetta Schlompa, die Moderatoren des all abendlichen Heute Journals erwähnten diese Leistung der Verbock als lobenswert.) Gretchen trägt eine Brille. Sie sieht klug und wichtig aus. Teile des Gesprächs werden auf Video aufgezeichnet. Andere Teile bleiben dem geschätzten Zuhörer verborgen. Natürlich auch dem nicht geschätzten. Das Video erregt sehr viel Aufmerksamkeit.

Der grüne Politiker Hameck ist sauer. Er fühlt sich übergangen. Warum hatte die Kanzlerin ihn nicht zusammen mit Gretchen Pimpim eingeladen? Schließlich hatte er sie nach Deutschland geholt? Bei einem seiner nächsten Kanzleramtsbesuche würde er sich hierüber beschweren. Er war ja nicht irgendwer, sondern der Chef der Grünen und designierter fast beinahe Kanzlerkandidat und als solches forderte er die ihm zustehende Ehrerbietung.

Nach der Begegnung zwischen Ferkel und Tunzwerg fand eine Pressekonferenz mit Gretchen und den führenden Journalisten aller wichtigen staatstragenden Medien statt.

Hier äußerte Gretchen, dass sie mit der Begegnung nicht vollends zufrieden gewesen sei, was man einen Tag später in allen renommierten deutschen Tageszeitungen als Schlagzeile lesen konnte. Es sei keine Nähe zwischen ihr und der Kanzlerin aufgekommen. Außerdem sei zu bemängeln, dass sie ihr Leibgericht (Springforelle mit Mandelkernsauce auf Semmelbröseln) nicht bekommen hätte, obwohl es inzwischen doch allgemein bekannt wäre, dass dies ihre Lieblingsspeise sei.

Aber es gebe auch Positives zu berichten, denn entgegen ihren Erwartungen hätte Frau Ferkel sich immerhin bereit erklärt, ihre wesentlichen klimapolitischen Thesen und Forderungen zu hören und selbige als wichtig zu erachten.

Nach Aussage des umweltpolitischen Sprechers der Grünen, welcher Gretchen bei der Befragung durch die Journalisten beratend zur Seite stand, hatte die Kanzlerin sich sogar verpflichtet, falls es denn möglich wäre, in Zukunft alle Regierungsmitglieder und Abgeordneten des deutschen Bundestages per Verordnung dazu zu zwingen, die Anreise zum Bundestag sowie zum Kanzleramt mindestens einmal jährlich mit einem Fahrrad oder einer Rikscha durchzuführen, um so, durch die CO_2 Einsparung, einen, die neue Ökologiebewegung zufriedenstellenden Beitrag zur Lösung des aktuellen Klimaproblems zu leisten.

Dies wurde allseits als Gretchens großer Erfolg gewertet und von vielen Medien und Fernsehsendern, inklusive der Tagesschau, mehrfach gewürdigt sowie von der umherstehenden Menschenmenge mit kräftigem Applaus gefeiert.

Abschließend gab Tunzwerg noch bekannt, dass sie, falls es ihre Zeit erlaubt, gerne noch andere europäische Regierungschefs besuchen und mit ihnen ähnlich konstruktive Abkommen aushandeln würde. Vielleicht wäre ja sogar eine Steigerung möglich und man könne die betreffenden Abgeordneten und Minister dazu verpflichten zweimal jährlich eine Rikscha oder ein Fahrrad zur Anreise zu benutzen. Und schlussendlich sei diesbezüglich noch zu klären, ob Rikscha und Fahrrad in jedem Fall als alternativlos gelten sollten, oder ob Roller und Skateboard ebenso als umweltfreundliche Mobilitätsalternative in Betracht gezogen werden könnten. Diese Option müsse man dann in Einzelgesprächen von Fall zu Fall klären, denn auch wenn in Deutschland, von Regierungsseite her, die Dinge oftmals als alternativlos angesehen würden, so seien andere Länder in dieser Hinsicht häufig flexibler und kompromissbereiter und würden etwaige neue Optionen nicht bereits im Vorfeld ausschließen. Hier, so erklärte Tunzwerg, sehe sie aber durchaus auch bei der deutschen Kanzlerin noch Potenzial in Richtung Lernfähigkeit.

Auf die letzte Frage der Journalisten, wohin sie die nächste Reise führe, antwortete die „Klimaprinzessin", dass sie zunächst nicht weiterreise, sondern sich nun unmittelbar wieder in die Obhut von Grünenpolitikerin Verbock begeben würde, da sie im Haus der Politikerin ganz offensichtlich ein gern gesehener Gast wäre und sich dort sehr wohl fühle. Auch Monalenas großartige Fähigkeiten im Bereich der Erstellung von Zöpfen würde sie immer aufs Neue faszinieren, insbesondere weil diese ohne Friseurausbildung über derartig herausragende Kompetenzen verfüge. Hieran würde auch deutlich, dass Schule und Ausbildung in heutigen Gesellschaften vielfach völlig überschätzt würden, da besondere Fähigkeit sich oftmals jenseits der normalen Bildungswege zeigen.

Der Pressesprecher der Kanzlerin lobte die Begegnung ebenfalls als sehr konstruktiv und entschuldigte sich mit einem leichten Schmunzeln für die mangelhafte Speisekarte. Auf jeden Fall müsse die Zusammenarbeit dieser beiden großartigen Mädchen in Zukunft intensiviert werden, zumal beiden der ökologisch-soziale Wandel der Gesellschaft so am Herzen liege, wovon schließlich auch die Zukunftsfähigkeit des gesamten Landes abhänge. Außerdem bedankte sich der Sprecher im Namen der Kanzlerin noch einmal dafür, dass Gretchen ihr so viele Minuten ihrer kostbaren Zeit gewidmet hatte.

Das war nicht selbstverständlich.

Kanzlerin Ferkel selbst und ihre Munitionsmeisterin empfanden das Treffen ebenfalls als ein erfolgreiches Event und warteten gespannt auf die nächste

Beliebtheitsumfrage, die am gleichen Tag noch erscheinen sollte.

Sie beschlossen umgehend, dass im nächsten Jahr eine zweite Einladung an Gretchen folgen müsse, und dann dürfte beim Speisenangebot die Springforelle mit Mandelsauce auf Semmelbröseln auf keinen Fall fehlen, denn man wolle das Mädel nicht verärgern.

„Vielleicht, liebe Änji, solltest du beim nächsten Gretchenbesuch auch mal probieren, ihre Zöpfe zu flechten. Ich glaube, das ist auf beiden Seiten eine große Ehre und kommt bei den jungen Wählern gut an, denn es lässt auf ein besonders intensives Verhältnis zwischen Klimakanzlerin und Klimaaktivistin schließen. Wir wollen dieses Sympathiefeld doch nicht allein den Grünen überlassen, oder?"

„Nein, natürlich nicht. Aber du weißt doch, ich bin handwerklich nicht gerade besonders geschickt. Möglicherweise blamiere ich mich damit nur."

„Ach, das kriegen wir schon irgendwie hin. Du nimmst einfach vor dem Treffen ein paar Lehrstunden beim Salz und dann klappt das schon."

„Ja Ännchen, da hast du Recht. Wenn ich dich und deine guten Ratschläge nicht hätte, dann wäre ich wohl verloren. Und wenn du damals, durch deine Treue mir gegenüber, nicht verhindert hättest, dass der Sauerlandfritze Parteivorsitzender und gar Kanzlerkandidat wird, dann wäre ich sicher heute nicht mehr hier."

„Ich weiß. Aber ich mache das gern für dich. Wir Frauen müssen doch zusammenhalten. Außerdem hast du mir schon so viele Zwerge für meinen Garten geschenkt, dass ich mich natürlich auch erkenntlich zeigen muss."

„Du und deine Zwerge!"

„Glaub mir, das ist ein tolles Hobby. Stell dir mal vor, du kommst nach einem arbeitsreichen Tag nach Hause, du bist erschöpft und vielleicht auch frustriert, und dann schaust du in deinen Garten, du siehst den Sauerlandfritze auf deinem Mistbeet, und du sagst: „Mein lieber Fritze, so tief in der Scheiße wie du, steckt wohl sonst keiner aus unserer Partei."

Und wenn du eine Steigerung dieses Hochgefühls möchtest, dann lässt du deinen Hund drauf pinkeln oder du steckst ihn noch ein bisschen tiefer ins Mistbeet und hörst ihn dabei Schreien und Zetern, so dass es bis nach Brilon dringt, und du stellst dir vor, wie alle seine Wähler das sehen.

Ein solches Hochgefühl ist durch nichts zu ersetzen.

Ach ja, wo ist überhaupt mein Sauerlandzwerg? Du hast ihn doch bestellt, oder?

„Natürlich habe ich ihn bestellt. So sehr, wie du dir eine Belohnung verdient hast, konnte ich die Bestellung doch unmöglich vergessen. Ich habe ihn direkt zu dir ins Saarland liefern lassen."

Ein kurzes Klopfen.

Die Dienerin betritt den Raum. Sie meldet die Ankunft von Kanzleramtsminister Alteier.

Die Kanzlerin reagierte verärgert auf diesen unerwarteten Besuch, denn schließlich führte sie gerade ein politisch wichtiges Gespräch und daher hatte sie zuvor erklärt, sie wolle nicht gestört werden.

Sie wollte der Dienerin gerade vorwerfen, sich nicht an ihre Anweisung gehalten zu haben, als Minister Alteier bereits im Raum stand. Sein grelles Lachen war wie immer sehr unangenehm, aber in Anbracht der zu erwartenden guten Botschaft, die in der Regel mit diesem Lachen verbunden war, verzichtete Frau Ferkel auf eine Rüge.

„Nun, Alteier, was gibt es so Wichtiges, dass du es wagst unsere konstruktive Sitzung zu stören?"

„Die Umfragewerte, Ferkelchen, die Umfragewerte sind es, die meine gute Stimmung verursachen. Dein Date mit Gretchen hat voll eingeschlagen. Du wirst wieder als Klimakanzlerin gehandelt. Das hat uns ein Plus in der Wählergunst um zwanzig Prozent gebracht. Wir sind jetzt wieder der Favorit und deutlich vor Hameck!"

„Hervorragend Alteier, ganz hervorragend. Ännchen, ich muss dich belohnen, es war ja deine Idee. Du bekommst noch einen Zwerg, wer auch immer das dann sein soll. Und Alteier, wenn du willst, bekommst du auch einen."

„Wie, ich verstehe nicht, einen Zwerg, wieso einen Zwerg? Ich dachte wir begießen das mit einem Gläschen Champagner. Warum ein Zwerg?"

„Ja, du hast Recht Alteier, wir trinken ein Gläschen Champagner zusammen. Das haben wir uns verdient. Vergiss das mit den Zwergen, ist reine Frauensache, davon verstehst du nichts. Geh in die Küche und sag Friedchen, sie soll den Champagner servieren."

Kaum war das erste Glas Champagner geleert, da rappelte es schon an Glückwünschen per Mail, Whats app und Telefonaten. Die internationale Politszene, Feinde wie Freunde, sahen sich genötigt Ferkel zu diesem Erfolg zu gratulieren oder diesen zumindest zu kommentieren. Alle wollten dabei sein.

Kanzleramtsminister Alteier und Munitionsmeisterin Handknarrenbauer hatte sich inzwischen verabschiedet.

Ferkel saß ruhig in ihrem Chefsessel. Ganz nebenbei und in Gedanken versunken formte sie aus hohlen Händen heraus eine Raute. Als ihr das bewusst wurde, überkam sie eine große Freude, vergleichbar mit der Freude, die sie in jungen Jahren immer fühlte, wenn sie als FDJ Agitatorin für Propaganda mit den Mädels stolz über die Straße, marschierte. Die Raute war wieder gelungen.

Beseelt von dem Gedanken des „Ich hab's mal wieder geschafft", wollte sie gerade den letzten Rest des Champagners trinken, als das laute Klingeln des

Kanzlertelefons sie aus ihrer verklärten Stimmung riss.

Wer konnte das jetzt noch sein? Um diese Zeit? Ihr Mann konnte es nicht sein, er rief grundsätzlich nur auf dem Privathandy an. Eigentlich hatte sie nach diesem anstrengenden Tag keine Lust mehr auf weitere Gespräche und wollte nicht an den Apparat gehen. Aber die Neugierde trieb sie dann doch dazu, einen Blick auf das Display zu werfen.

Oh, Gott. Das war States. Will States. Da musste sie das Gespräch auf jeden Fall annehmen. Einen solchen Freund und Gönner durfte sie nicht ins Leere rufen lassen. Das würde sie sich selbst nie verzeihen können. In großer Aufregung griff sie nach dem Hörer.

„Will, hallo Will, das ist ja eine Überraschung. Mit deinem Anruf habe ich wirklich gar nicht gerechnet."

„Aber, Änjela, selbst in den USA haben wir von deinem großen Umfrageerfolg gehört und da wollte ich dich natürlich auch sofort beglückwünschen. Ist fantastisch, wie du das wieder geschafft hast. Gratuliere, gratuliere!"

„Danke Will. Und wie gehts dir so? Laufen die Pharmageschäfte noch gut? Verkaufen sich die neuen Pillen einigermaßen, oder sind sie immer noch ein Ladenhüter?"

„Naja, die Pillen waren nicht gerade der Gewinner. Ist aber kein Problem, es gibt bereits eine Neuauflage. Wir müssen mal abwarten, wie sich die neuen Produkte am Markt durchsetzen. Du weißt ja, ich probiere gern mal ein bisschen rum und kann kleinere wirtschaftliche und sonstige Einbußen gut verschmerzen. Hauptsache die großen Geschäfte laufen gut. Also alles im grünen Bereich."

„Sag mal Will, habt ihr nicht Lust bald mal wieder zu uns nach Berlin zu kommen, du und Melinka. Sie mag doch die Boutiquen hier so gerne und du den bayrischen Saumagen. Dann könnte deine Frau mit meinem Mann durch die Geschäfte ziehen und wir könnten beim Essen unsere Geschäfte bereden? Was meinst du?"

„Prinzipiell eine gute Idee, aber leider habe ich im Moment keine Zeit. Ich plane für Oktober ein bedeutendes Projekt oder besser gesagt ein Event. Ich will mit verschiedenen Großkonzernen und sonstigen elitären Fachleuten aus Politik und Wirtschaft die Handlungsmöglichkeiten und potenziellen Optionen, die im Falle eines plötzlichen, weltweiten Pandemieausbruchs bestehen, in Form eines Planspiels entwickeln und trainieren."

„Hui, das hört sich hochinteressant an. Da kann ich verstehen, dass du im Moment keine Zeit für Privatreisen hast. Allerdings bin ich fasziniert, dass du nach wie vor dauernd neue Projekte entwickelst und umsetzt, obwohl du doch vor ein paar Jahren schon gesagt hast, du wollest dich aus dem aktiven Geschäftsleben zurückziehen und nur noch Privatier sein. Geld hast du schließlich im Übermaß, wenn ich mir mal erlauben darf, das einfach so zu sagen."

„Klar Änjela, Geld habe ich wahrlich genug, aber es geht eben immer noch ein bisschen mehr und außerdem reizt es mich, ständig was Neues zu machen, ständig etwas auszuprobieren. Das macht das Leben doch erst reizvoll, meinst du nicht auch?"

„Natürlich Will, so gesehen hast du Recht. Was sagt denn Melinka zu dem Projekt? Ist sie da auch involviert? Eine Pandemie üben! Das ist schon ziemlich krass. Auf so eine Idee muss man erst mal kommen."

„Naja, einfache Ideen hat jeder. Bei mir muss es schon was Besonderes sein. Ich brauche die Herausforderung und den Nervenkitzel. Ein bisschen Adrenalinschub soll unser „Event 201" schon bringen. Melinka macht auch mit, es ist unser gemeinsames Projekt und die WHO, das Weltwirtschaftsforum und die Johns Popkins Universität sind auch mit im Boot. Wenn die Ergebnisse des Planspiels verfügbar sind, werde ich sie dir gern zukommen lassen, falls du interessiert bist."

„Das wäre super, Will. Wenn du so weiter machst, wirst du irgendwann noch als großer Menschheitsretter in die Geschichte eingehen. Dann wünsche ich euch viel Erfolg bei dem Projekt."

„Danke Änjela. Jetzt will ich dich aber nicht länger aufhalten, ich denke du musst so langsam ins Bett, denn bei euch ist es ja jetzt mitten in der Nacht. Dann schlaf mal gut und lass dir den Thron nicht von irgendwelchen bösen Rittern rauben."

„Das wird nicht passieren Will, ich liebe meinen Thron und werde ihn mit all meinen Kräften verteidigen. Grüße bitte Melinka von mir."

Die Kanzlerin wusste, dass man einen mächtigen Mann wie Will States auf seiner Seite haben musste. Ohne latente Unterstützung durch ihn und seine Freunde, konnte kaum jemand langfristig eine Rolle auf der politischen Weltbühne spielen. Daher war sie sehr geschmeichelt, dass er extra angerufen und zum Erfolg der Gretchen PR-Aktion gratuliert hatte. Die Sache war ein Volltreffer gewesen.

Was würde ihr Spiegel zu all dem sagen? Trotz der späten Stunde nahm sie ihn, der allzeit griffbereit auf ihrem Schreibtisch lag, noch einmal zur Hand:

Spieglein, Spieglein in meiner Hand,

bin ich noch immer die Mächtigste im Land?

Das, Frau Kanzlerin, ist eine schwierige Frage,

denn vielleicht sind auch gezählt deine Tage.

Mein Spieglein, mein Spieglein

wie kannst du das sagen?

Kennst du nicht die neusten Meinungsumfragen?

Frau Kanzlerin, Frau Kanzlerin

die kenne ich sehr wohl,

denke aber dein Geplauder

mit Gretchen war hohl,

schon morgen haben das die Wähler vergessen,

und werden dich wieder

an deinen Gegnern messen.

Während der nächsten Tage war die Kanzlerin et-was beunruhigt. Tatsächlich hatten sich ihre Umfra-gewerte wieder verschlechtert. Sie gingen quasi täg-lich herunter und so schien es ihr, als sei die Begeg-nung mit Gretchen nur ein kurzzeitiger Erfolg gewe-sen, der nicht ausreichte ihre Macht nachhaltig zu sta-bilisieren. Sie musste an den Spruch des Spiegels den-ken.

Was sollte das bedeuten? Wer war ihr auf den Fer-sen? War es der armselige Latschenamin oder Jins Wahn, das Bankbürschchen? Beides wäre vorstellbar. Oder sollte es am Ende doch der Sauerlandfritze sein? Auch diese Möglichkeit war nicht vollends aus-zuschließen, denn er hatte kürzlich erst zum Häuble gesagt, er müsse unbedingt mal wieder ein Hühn-chen rupfen?

Und da das damals bei Handknarrenbauer nicht geklappt hat, bin ich jetzt vielleicht sein nächstes anvisiertes Opfer.

Diese plötzliche Erkenntnis erschreckte sie, zumal ihr durchaus bewusst war, dass man sich im traditionsreichen Sauerland sehr gut mit dem alten Handwerk des Hühnerrupfens auskannte. Da musste so manches Hühnchen schon mal innerhalb kürzester Zeit ordentlich Federn lassen.

Die Angst vor der gefühlten Bedrohung und die Erschöpfung nach einem arbeitsreichen Tag ließen schreckliche Fantasien in ihrem Kopf entstehen. Was für eine Demütigung! Sie, als wehrloses gerupftes Hühnchen in den riesigen Händen vom Sauerlandfritze. In seiner Küche, neben dem Herd, neben dem Topf mit heißem Wasser und er blickte mit gieriger gefräßiger Fratze auf sie hinab.

Ein Albtraum, ein absoluter Albtraum. Die Tränen stiegen ihr in die Augen. Sie weinte. Sie zitterte am ganzen Körper, bevor sie dann, - oh, Gott, welche Erlösung - vor Erschöpfung in ihrem Sessel einschlief.

Die Dienerin hatte dann zusammen mit dem Chauffeur und einigen anderen dafür gesorgt, dass die schlafende Kanzlerin nach Hause gebracht wurde.

Als Ferkel am späten Vormittag des nächsten Tages erwachte, fand sie sich in ihrem ehelichen Ruhegemach wieder.

Ihr Gatte, der Änjis innere Unruhe und die unaufhörlichen Zitteranfälle mit großer Besorgnis zur Kenntnis nahm, war sehr um die Wiederherstellung ihrer Gesundheit bemüht und hatte zunächst versucht, sie mit einer frisch zubereiteten Hühnersuppe nach sauerländischem Rezept, die eigentlich eine ihrer Lieblingsspeisen war, aufzupäppeln, was jedoch misslang und die Erkrankung augenscheinlich noch intensivierte, da sie einen heftigen Schreikrampf bei der Patientin auslöste, statt die beabsichtigte Genesung zu fördern..

Über das Ergebnis seiner Bemühungen war der Gatte verständlicherweise ziemlich irritiert, um nicht zu sagen sauer, denn er hatte sich die allergrößte Mühe gegeben, um seiner Angetrauten alles recht zu machen, und es erschien ihm eigentlich lobenswert und der Anerkennung würdig, dass er, nach so vielen Ehejahren, immer noch bemüht war, seiner Ehefrau Gutes zu tun. Warum also schrie sie ihn an?

Nun, man muss Verständnis für beide Seiten aufbringen, denn einerseits ist der Frust des liebenden Gatten, hinsichtlich der unterlassenen Würdigung seiner Tat, durchaus nachvollziehbar, aber andrerseits ist auch das krankhafte Erschrecken der Kanzlerin und die demzufolge eben nicht ausgesprochene Anerkennung hierüber, durchaus verständlich, denn diese hatte es, warum auch immer, vermieden, ihren Ehemann über die Entstehungsgeschichte ihrer misslichen Lage zu informieren. Wie also sollte er eine Erklärung dafür finden, dass seine Liebestat das gewünschte Resultat verfehlte?

Es dauerte einige Tage bis Kanzlerin Ferkel sich von diesem traumatischen Erlebnis erholte und zu alter Kraft und Stärke zurückfand.

Die Medien hatten inzwischen über eine grippale Unpässlichkeit von Frau Ferkel berichtet, woraufhin sie Genesungswünsche von führenden Persönlichkeiten aus der ganzen Welt erhielt. Selbst aus Brilon kam eine Karte, was die Kanzlerin allerdings nicht erfreute, sondern erzürnte.

Sie beschloss dem Sauerlandfritze mal ordentlich die Meinung zu geigen und schrieb folgenden Brief:

Lieber Fritze,

ich kenn nichts Ärmeres

unter der Sonn als dich!

Du nährest königlich,

von Blackrock-Geldern dich,

wähnst, du könntest Kanzler werden.

Du übst, Knaben gleich, im Fliegen dich,

denkst, du kannst schicken in die Wüste mich.

Wähntest du etwa,

ich würde je das Kanzleramt verlassen,

je die lieben Genossen hassen?

So lass dir sagen:

Mich hat zur Kanzlerin geschmiedet

die allmächtige Zeit

und das ewige Schicksal.

P.S. Und wenn du rupfen willst,

schaff dir gefälligst Hühner an.

Mich kannst du mit deinen

Sauerlandtraditionen nicht mehr einschüchtern!

Sie war mit sich zufrieden. Mit Goethes Hilfe war es ihr gelungen, dem Fritze eine unmissverständliche Botschaft zu schreiben.

Sie hoffte, dass das Thema somit ein für alle Male erledigt wäre.

Vor der Reise

Jetzt aber zu den Amtsgeschäften. Was lag denn an? Ach ja, fast hätte sie es vergessen. Ihr Freund, der chinesische Ministerpräsident Lü, hatte sie kürzlich zu einem Besuch eingeladen. Natürlich hatte sie zugesagt. Er wollte ihr unbedingt die moderne Industriemetropole Wuhan zeigen.

Für wann war denn die Reise geplant? Ein Blick auf den Kalender. Oh je, morgen sollte es schon losgehen. Da hieß es aber jetzt hurtig nach Hause und den Koffer packen.

Oder … vielleicht konnte das Jockel auch schnell erledigen, er hatte ja heute frei.

Sie griff zum Telefon.

„Jockel, ich vergaß, dass ich morgen meinen Freund Lü in Wuhan besuchen muss. Willst du mit?"

„Nein, Maus, das geht nicht, das hab ich dir doch schon gesagt. Ich bin mit Leopoldine verabredet."

„Na gut, da kann man nichts machen. Könntest du denn schon mal schnell meinen Koffer packen, du hast doch heute Zeit!"

„Ich bitte dich. Ich bin doch nicht dein Jo … äh … dein Diener!"

„Ach Jockel, bitte sei so gut. Es ist doch nur dieses eine Mal, weil ich gerade hier unabkömmlich bin. Nimm einfach drei oder vier meiner schönen Blazer, ein paar Buxen dazu und was ich sonst noch brauche."

„Na gut, ich machs."

„Vielen Dank mein Bärchen, du bist mir wirklich eine große Hilfe. Bis später."

Die Kanzlerin legte auf.

Was Jockel nur an dieser Leopoldine fand, dass er dauernd zu ihr hinmusste. Sie überlegte einen Moment, ob ihr das irgendwie zu denken geben sollte, beschloss dann aber, dass es Wichtigeres gebe, als diese Leopoldine.

Außerdem kam es ihr durchaus gelegen, dass Jockel nicht mit ihr nach China wollte, denn nach der Geschichte mit der Hühnersuppe war sie jetzt irgendwie froh, ihn mal ein paar Tage nicht sehen zu müssen.

Das Handy klingelt. Ein Blick auf das Display: Jockel!

„Änji, ich bin´s, Jockel. Höma, ich kann keine sauren...entschuldige äh, ich meinte natürlich sauberen Unterbuxen von dir finden. Soll ich welche waschen und wenn ja, mit welchem Waschmittel?"

„Nein Jockel, das klappt zeitlich nicht mehr. Die werden nicht mehr trocken. Nimm dir fünfzig Euro aus der alten Zuckerdose, die oben links im Küchenschrank steht, und dann geh eben los und kauf ein paar Unterbuxen. Rosa wäre schön. Du weißt ja, ich liebe rosa Unterwäsche."

„Okay Änji, ich mach das so. Darf ich ein bisschen mehr Geld aus der Dose nehmen? Dann könnte ich auch etwas Unterwäsche für Leopoldine kaufen. Sie hat morgen Geburtstag und ich habe noch kein Geschenk."

„Klar, mein Bärchen, mach das nur. Aber sie soll keine rosa Unterwäsche bekommen, sie soll nicht die gleiche Farbe tragen wie ich."

„Gut, ich werde das beachten. Vielleicht nehme ich blau. Bis später dann."

Nach diesem klärenden Gespräch wandte sich Ferkel wieder den Amtsnotwendigkeiten zu. Wichtige Mails mussten beantwortet werden. Was war denn da alles im Postfach?

Nur Banalitäten wie ihr schien. Die Griechen und Italiener hatten schon wieder ihr Konto überzogen, weshalb natürlich die üblichen Bettelbriefe kamen. Es ist nun mal so, die werden immer unsere buckelige Verwandtschaft bleiben, kriegen einfach nix gestellt.

Was haben wir noch? Alles nur Kleinkram. Das kann warten, bis ich aus China zurück bin.

Aber da war doch noch was? Irgendwas wollte ich doch noch dringend erledigen. Ach klar, ich wollte mich noch mal beim Gretchen bedanken, dass sie mir die Ehre erwiesen hat, hier her zu kommen. Ist ja bei ihrem engen Zeitplan keine Selbstverständlichkeit.

Sie hackt die Dankesworte in die E-Mail. So, geschafft.

Jetzt nach Hause, einen Happen essen und dann schlafen, denn schließlich ging der Flug morgen sehr zeitig. Hoffentlich hatte Jockel alles erledigt. Leider war er manchmal unzuverlässig. Aufgrund ihrer Arbeit hatte sie während der vergangenen Jahre zu wenig Zeit gehabt, ihn entsprechend zu erziehen, was zur Folge hatte, dass sein Verhalten nicht immer untadelig war.

Aber, alles im Leben hat seinen Preis und dieser Mangel war eben der Preis, den sie für die Karriere zahlen musste.

Nach der Reise – oder Vorjahresoktober

Die Kanzlerin kam mit dem Gefühl eine erfolgreiche Auslandsreise absolviert zu haben aus der chinesischen Industriemetropole Wuhan zurück. Sie hatte sehr nette Gespräche mit Ministerpräsident Lü geführt. In beinahe allen Angelegenheiten herrschte Einigkeit. Der Form halber und für die europäische Öffentlichkeit musste sie Lü auch ein wenig ermahnen wegen der Sache mit den Menschenrechtsverletzungen und Hongkong. Es war ihr klar, dass die Medien, die Politkonkurrenz und die deutschen Wähler diesbezüglich bestimmte Erwartungen hegten und dass sie diese nicht enttäuschen durfte. Leider war es so, dass sie in ihrem politischen Handeln nie richtig frei war, nie total nach ihrem Willen agieren konnte, sondern stets Rücksicht auf die Wähler nehmen musste. Sie hatte sich immer gewünscht, wenigstens in ihrer letzten Amtszeit endlich mal tun zu dürfen, was sie wollte, völlig unabhängig vom Wählerwillen und den Parteigenossen.

Aber wer weiß, vielleicht war das auch noch gar nicht ihre letzte Amtsperiode!

Die Pressekonferenz, die wie immer nach einer Auslandsreise stattfand, verlief unproblematisch und ohne wesentliche Zwischenfragen. Einzig eine junge Korrespondentin von der FRAZ hatte sich erdreistet zu fragen, warum denn ihr Gatte nicht mitgefahren sei, sondern sich stattdessen so viel um Leopoldine gekümmert hatte.

Ferkel, die ihre Betroffenheit hierüber natürlich nicht zeigen wollte, sagt zum Erstaunen der Reporterschar, dass Leopoldine ihn eben mehr gebraucht habe als sie und dass sie dies im Rahmen einer offenen Ehe akzeptieren würde.

Zwei Tage nach ihrer Rückkehr aus China meldete sich Munitionsmeisterin Handknarrenbauer wieder bei der Kanzlerin. Völlig unangemeldet stand sie plötzlich in Ferkels Amtszimmer. Sie sah ein wenig heruntergekommen und verzweifelt aus und noch ehe Änji nach der Ursache für diesen Zustand fragen konnte, stürzte es aus Ännchen heraus:

„Dieser Schmalzfrisurrambo aus den USA, dieser Don Alt, er macht den absoluten Stress. Er fordert, dass wir unser Waffenlager erweitern und aufrüsten sollen, sonst will er kein Geld mehr ausgeben, um uns vor den Feinden zu schützen. Er sagt, du hättest ihm das zugesichert und würdest dich jetzt nicht an dein Ehrenwort halten."

„Ja, stimmt, ich erinnere mich ganz entfernt. Ich hatte da irgendwann mal so was versprochen, doch was verspricht man nicht alles, wenn man in guter Laune ist und seine Ruhe haben will. Im Moment ist für weitere Knarren kein Geld da, das musst du verstehen. Du weißt doch, ich habe gerade vor ein paar

Wochen erst die große Erweiterung des Kanzleramtes beschlossen. Der Bau wird mindestens 600 Millionen Euro kosten."

„Aber Änji, brauchst du denn wirklich so einen großen Amtssitz? Dein Kanzleramt ist jetzt schon mit 25000 Quadratmetern die größte Regierungszentrale der westlichen Welt. Es ist ungefähr achtmal so groß wie das Weiße Haus, zehnmal so groß wie der britische Regierungssitz Downing Street Nr. 10 und dreimal so groß wie der Pariser Elysee Palast. Das muss doch ausreichen. Durch den Erweiterungsbau würde sich die Fläche nochmal verdoppeln, so viel Platz brauchst du doch gar nicht. So viel Platz braucht kein Regierungschef."

„Das kann man auch anders sehen, Ännchen. Der Regierungssitz der mächtigsten Frau der Welt muss auch entsprechend repräsentativ sein. Erinnere dich mal, wie lächerlich Theres Möy immer aussah, wenn sie durch die kleine Tür zu Downing Street Nr.10 rein ging. Sieht so eine Machthaberin aus? Kann sich hinter so einer Haustür ein mächtiges Reich verbergen? Sei ehrlich, so ein Amtssitz sieht vollkommen lächerlich aus. In unserem Land residiert jeder drittrangige Bürgermeister in einem besseren Haus. Es ist also kein Wunder, dass diese Möy nicht lange Premierministerin war, da sie es nicht mal geschafft hat, sich einen würdigen Amtssitz zu errichten. Gerade wir Frauen kriegen nichts geschenkt, wir müssen uns nehmen was wir wollen, wir müssen uns bauen was wir wollen, sonst kriegen wir es nicht."

„Ja aber, was sag ich jetzt diesem US-Rambo, diesem Don Alt aus dem Trumpf-Tower? Kanzleramt vor Verteidigungsetat, ich denke, diese Prioritätensetzung wird er nicht akzeptieren."

„Halt ihn hin, Ännchen. Vertröste ihn auf nächstes Jahr oder mindestens auf nächsten Monat. Inzwischen werde ich mal ein Schwätzchen mit Tristin Laverat von der EZB halten. Ich werde versuchen ihr ein paar Milliönchen aus der Geldpresse zu leiern, das wird schon irgendwie klappen."

„Okay, hoffen wir, dass es funktioniert. So eine Geldpresse kann wahre Wunder wirken. Dann will ich dich jetzt nicht länger aufhalten, Änji, du hast bestimmt noch viel zu tun."

Als Ferkel wieder alleine war, beschloss sie, sich kurz bei Will States zu melden. Es ist gerade eine gute Zeit für eine Plauderei.

Nach kurzer Begrüßung beginnt Will sofort über sein „Event 201" zu schwärmen.

„Änjela, wir sind zu großartigen Ergebnissen gekommen. Unsere größte Erkenntnis im Rahmen des Coronavirus-Planikspiels ist, dass nur führende, mächtige Wirtschaftsunternehmen und Wirtschaftseliten zusammen mit ebenso führenden und mächtigen politischen Eliten in der Lage sind, im Falle einer Pandemie, über alles Wichtige zu entscheiden und die Abläufe zu organisieren. Nur Großkonzerne in Kooperation mit autoritären Regimen sind fähig, schnell und richtig zu handeln. Die Regierungen müssen die systemrelevanten Großunternehmen während der Pandemie gegebenenfalls finanziell stützen, durch Steuergelder oder eventuell Kreditschöpfung seitens des IWF und der EZB, damit diese immer handlungsfähig bleiben und das Pandemiegeschehen kontrollieren können. Hierbei spielt natürlich die Pharmaindustrie eine besondere Rolle. Pharmaunternehmen müssen schließlich den Impfstoff entwickeln, den wir zur Pandemiebekämpfung brauchen. Wenn der Impfstoff da ist, werden alle Menschen geimpft und so rotten wir das Killervirus aus.

Nach Bewältigung der Katastrophe kann dann so auf Basis der übrig gebliebenen Großkonzerne und Politeliten eine neue technokratische Realität entwickeln werden."

Loch in Arm,

Impfstoff rinn,

Branding fertig

Bim bam bim.

Kanzlerin Ferkel war fasziniert. Will hatte es mal wieder auf den Punkt gebracht. Sie bewunderte seine Gabe, komplizierte Zusammenhänge so klar darstellen zu können. Seine Zukunftsvision von einer völlig neuen Gesellschaft gefiel ihr. Mehr noch, sie sah hierin auch eine Möglichkeit, sich neu zu profilieren. Es schien so, als sei sie doch noch viel weiter entfernt vom Ende der Fahnenstange, als sie selbst geglaubt hatte.

Beide tauschten im weiteren Gespräch noch ein paar Details und Nettigkeiten sowie Gatte- und Gattingrüße aus, um dann die Unterhaltung zu beenden.

Die nächsten Wochen regierte Ferkel fast schon gelangweilt vor sich hin.

Zu ihrer großen Freude konnte sie bei öffentlichen Auftritten wie gewohnt lässig rautieren.

Es gab keine besonderen Vorkommnisse und so blieb ihr reichlich Zeit sich mal wieder mit Jockel zu beschäftigen. Sie hatte erkannt, dass sie ihn während der letzten Wochen zu sehr vernachlässigt hatte. Außerdem wollte sie auch nicht, dass er ständig bei dieser Leopoldine hockte.

Vorjahresdezember

Während der Adventszeit saßen Änji und Jockel abends oft gemeinsam im Wohnzimmer bei Zimtsternen und Glühwein und spielten Monopoly. Der Verlierer musste den Gewinner kraulen. Die Kanzlerin gewann immer, weshalb Jockel alsbald die Teilnahme an diesem Spiel verweigerte. Kurz vor Weihnachten gingen sie über den Christkindelmarkt und aßen einen Bratapfel. Sie kaufte ihm dort ein Schaf für die Krippe und er kaufte ihr einen Esel. So hatte jeder etwas, weshalb es keinen Anlass für Neid und Streitigkeiten gab.

Fast waren sie miteinander ein bisschen glücklich.

Schnell kam Weihnachten und dann Silvester. Den Jahreswechsel feierten sie zuhause am kleinen runden Tisch mit Freunden, als da war Handknarrenbauer, Flintenmuschi und Hohlauf Holz, der zwar nicht bei der gleichen Partei, aber immerhin doch in der gleichen Branche, tätig war. Alle waren natürlich mit Ehepartner erschienen. Nach einem üppigen Mahl spielten sie Schatzsuche und Schiffe versenken und zu später Stunde nach einigen Fläschchen Champagne dann auch Eierlaufen und Sackhüpfen. So das Übliche halt.

Januar und Folgemonate

Und dann kam es, das Virus – oder der Virus, oder am besten: die Viren, denn wenn es nur eines oder einer gewesen wäre, hätte man ihr oder ihm wohl kaum viel Aufmerksamkeit geschenkt.

Hohlauf Holz hatte zwar am Silvesterabend dieses neuartige Virus, das in China, genau genommen in Wuhan, aufgetaucht war, schon erwähnt, aber es hatte zu dem Zeitpunkt noch niemanden wirklich interessiert, auch nicht Ferkels ausgewählte Silvestergäste am kleinen runden Tisch ihres Wohnzimmers.

Das war jetzt anders. Jeder hatte inzwischen von dem Virus gehört. Die Chinesen hatten die elf Millionen-Metropole Wuhan und die dazugehörige Provinz bereits vollkommen abgeriegelt, weder durften Menschen die Stadt verlassen noch andere hinein. Alle 43 Millionen Bewohner mussten vorsorglich in Quarantäne. Das öffentliche und private Leben wurde stillgelegt.

Diese Maßnahme dauerte sechsundsiebzig Tage.

Professor Pfosten von der deutschen Scharimtee war sofort zur Stelle und wollte den Chinesen helfen. Er agierte klug und schnell und konzipierte unverzüglich, auf der Grundlage von Medienberichten aus und über China, ein Modell des tödlichen Virus. Dieses ermöglichte ihm und seinem Team im nächsten

Schritt die Entwicklung eines Tests, der das Virus oder besser gesagt genetische Bruchstücke hiervon entsprechend identifizieren sollte. So könnte man dann alle Infizierten per Test als solche erkennen.

Aber nicht nur Pfosten reagierte schnell und gründlich, sondern auch Olferd Land, der Inhaber der Tempelhofer Firma TIB Mobiol. Unter Berücksichtigung seines legitimen Ziels der Gewinnmaximierung wollte auch er den Chinesen hilfreich zur Seite stehen und produzierte unverzüglich und ohne Unterlass Test-Kits, die er den Chinesen bereits Mitte Januar massenhaft zur Verfügung stellte. Alles lief im Eilverfahren ab und so wurden schon am 10. Januar erste Test-Kits per Luftfracht nach Hongkong geschickt, obwohl der Beipackzettel noch nicht fertig war.

Die chinesische Führung bedankte sich bei Kanzlerin Ferkel für diese großartige deutsche Unterstützung mit einer erneuten Einladung, wo sie dann auch Pfosten und Land mitbringen sollte, damit man diese entsprechend würdigen und ihnen den goldenen Lorbeertopf aufsetzen konnte, als besonderes Zeichen der Ehrerbietung und der Dankbarkeit.

Ende Januar tauchte das Coronavirus, wie zu erwarten war, auch in Deutschland und ganz Europa auf. Es sah so aus, als verbreite es sich mit rasanter Geschwindigkeit weltweit. Man hatte ihm inzwischen einen Namen gegeben: Sars Cov2 Virus und die dazugehörige Erkrankung hieß Covid19.

So war es nur folgerichtig, dass bei der Firma TIB zur Freude des Inhabers der Umsatz mehr und mehr anstieg und bereits im Februar die Marke des Dreifachen vom Vorjahresmonat überschritten hatte, und all dies, ohne jegliche Kundenakquise.

Obwohl zwischenzeitig auch andere Firmen auf dem Markt aktiv wurden, wäre, nach Aussage des Firmenchefs, vermutlich noch eine deutlich größere Umsatzsteigerung möglich gewesen, wenn nicht der Transportsektor geschwächelt hätte. Wegen der Unfähigkeit und Unzuverlässigkeit von Unternehmen wie DHL, UPS und so weiter, seien viele Lieferungen nicht möglich gewesen. Aus diesem Grund sei zum Beispiel der Botschafter von Ruanda extra mit seinem Mercedes bei ihm vorgefahren, um die dringend benötigten Test-Kits persönlich abzuholen.

In den folgenden Wochen gingen schlimme, schlimmste Bilder und Botschaften durch die Medien, man sprach von einem Killervirus und von einer großen, ja vielleicht der größten jemals existierenden Gefahr für die Menschheit.

All überall war das Virus zugegen und verbreitete Angst und Schrecken, und selbst da, wo es nicht war, musste man ständig besorgt sein, dass es jeden Moment auftrat und nicht mehr kontrollierbar sein würde.

Jeder würde bald jemanden kennen, der am Virus gestorben wäre, so hatte Österreichs Kanzler Furz gesagt. Vielleicht auch mehr als einen. Kindern wurde gesagt, dass sie bei vielen Kontakten mit Freunden eine todbringende Gefahr mindestens für ihre Großeltern, wenn nicht gar für das ganze Umfeld seien. Man hatte das Gefühl, als wäre die Menschheit ins Mittelalter zurückversetzt, in die Zeit, wo Pest und Cholera wüteten und niemand diesem Treiben Einhalt gebieten konnte.

Was sollte man tun? So ein Virus macht, was es will, man kann es nicht beherrschen oder gar ausrotten, das war in allen wissenschaftlichen Disziplinen unstrittig und mittlerweile jedem klar. Der Mensch kann das Virus nicht einfach killen, denn es ist genau umgekehrt, das Virus killt die Menschen, und zwar viele von ihnen. So zumindest berichteten die Medien.

Was konnten die Herrschenden dieser Welt tun, um diese globale, tödliche Virusattacke aufzuhalten?

Ferkel versuchte zu rautieren. Es gelang ihr nur unter äußerster Anstrengung.

Wollte sie ihr Land nicht ohnmächtig dem Virus ausliefern, so musste sie handeln. Die Menschen müssen sich vor dem Zugriff des Virus schützen. Nein, mehr noch. Ich muss die Menschen vor den Angriffen des Virus schützen. Ich bin die Kanzlerin, ich muss den Menschen sagen, was sie tun sollen und was nicht.

Aber eigentlich wusste sie selbst nicht, was es nun zu tun galt. Doch als mächtigste Frau der Welt, musste sie handeln, und immerhin, sie konnte sich Berater holen, die würden ihr schon helfen.

Also musste schnell ein Berater her. Die Angelegenheit duldete keinen Aufschub. Ja, der Pfosten, das war keine Frage, der sollte ihr Berater sein. Schließlich hatte er diesen großartigen PCR-Test entwickelt und bei der Bekämpfung der Schweinepest zehn Jahre zuvor hatte er auch schon mitgewirkt, wobei er sich damals nicht gerade mit Ruhm bekleckert und deutliche Fehleinschätzungen abgegeben hatte. Aber nach dem Prinzip, jeder verdient eine zweite Chance, sollte er dennoch ihr Berater sein, sonst niemand, und natürlich brauchte sie jemanden vom Robert Koch Institut. Am besten der Chef, dieser Wühler höchstpersönlich. Als Chef einer solchen Behörde würde er in TV-Ansprachen die der Pandemie angemessene Autorität verkörpern, und den Menschen die Angst vermitteln, die notwendig war um Gehorsam einzufordern.

Sofort rief Ferkel diese beiden Koryphäen zu einer Audienz. Sie kamen unverzüglich. Sie hatten schon auf den Anruf der Kanzlerin gewartet. In weiser Vorahnung wussten sie, dass sie jetzt sehr wichtig sein würden und von der Nation, wenn nicht gar von der ganzen Welt, gebraucht wurden.

Innerhalb von wenigen Minuten hatte ein ergebnisreiches Gespräch stattgefunden: Lockdown. Shutdown.

Soweit wie möglich müssen alle Leute zuhause bleiben, nur noch zur Arbeit gehen, keine Annäherung an Personen außerhalb des eigenen Haushalts, keine Schule für Kinder, kein Kindergarten, keine Spielplätze, keine Restaurantbesuche, kein Kino, kein Schwimmbad, kein Theater, kein Rummel, keine Verwandtenbesuche, keine Reisen, keine sportlichen Betätigungen, außer Lebensmittelläden alle Geschäfte schließen, keine, keine, keine … und überall Maske, Mund-Nasenbedeckung, Mundschutz.

Maske, Abstand, Desinfektion, Vermeidung von Einkaufsfahrten, Vermeidung jeglichen sozialen Kontakts, Vermeidung von allen Aktivitäten, die nicht lebensnotwendig sind und, und, und …

Allein zuhause bleiben! Warten bis ein Impfstoff kommt, der die Menschheit vor diesem totbringenden Killervirus schützt. Das war die Lösung. Dem Virus null Angriffsfläche bieten.

Ferkel war verunsichert. Wieder wollte die Raute ihr nicht gelingen. Sollte sie noch weitere Berater hinzuziehen? Sie rannte unruhig in ihrem Amtszimmer umher. Sie ging zum Schreibtisch. Ihr Blick fiel auf den Spiegel. Auf ihren Spiegel. Na klar, sie musste ihn befragen:

Spieglein, Spieglein in meiner Hand,

was ist das Beste für dieses Land?

Soll ich Wühler und Pfosten glauben

und dem Volk die Grundrechte rauben?
Die Menschen in ihre Wohnungen sperren,
mit all ihren Hunden und Kindern, die plärren?

Lieb Kanzlerin, beachte geschwind,
dir kann das egal sein,
hast weder Hund noch Kind.

Spieglein, Spieglein, oh glaubst du denn nicht,
dass dies den Freiheitsrechten widerspricht?

Frau Kanzlerin, tu, was die Herren dir sagen,
vertrau darauf, kein Mensch wird hinterfragen.
Lauterkrach macht sie vor Angst so besessen,
dass sie darüber sämtliches Fragen vergessen.
Und Sins Wahn, der fleißige Sparkassengesell,
wird alle Maßnahmen durchsetzen schnell.

Die Kanzlerin sah aus dem Fenster und dann auf ihre Hände. Ohne es zu beabsichtigen, gar ohne es zu bemerken hatte sie ganz leicht und wie automatisch mit den Händen eine Raute, ihre Raute geformt. Ja, der Spiegel war doch nach wie vor ihr bester Ratgeber.

Eine unendliche Leichtigkeit des Seins durchdrang sie. Eigentlich war alles ganz einfach.

Nach kurzem Überlegen kam sie sogar zu dem Schluss, dass ein Lockdown für ihr Privatleben auch ganz vorteilhaft sei, denn so konnte sie sich auf ein etwas ruhigeres Dasein ohne allzu viele Reisen und Termine einstellen. Außerdem könnte Jockel dann nicht mehr dauernd zu dieser Leopoldine gehen, denn die Häufigkeit seiner Besuche bei ihr hatte sich während der letzten Wochen beinahe ebenso exponentiell entwickelt, wie die Corona Fallzahlen.

So beschloss die Kanzlerin schnell und gründlich zu handeln, denn hier bot sich ihr eine einzigartige Gelegenheit dem Wohle des Volkes zu dienen und sich in der Beliebtheitsskala nach oben zu arbeiten. Natürlich konnte nicht sie allein das Volk retten, nein, um diesen Lockdown durch zu setzten, mussten ein paar andere Leute mit im Boot sein.

Also rief sie unverzüglich eine Regierungskonferenz ein, wobei sie nicht vergaß, die Damen und Herren darauf hinzuweisen, dass die Anreise mit Fahrrad oder Rikscha erfolgen sollte, denn schließlich hatte sie das Versprechen, welches sie Gretchen gegeben hatte, nicht aus den Augen verloren.

Schnell und ohne viel Aufhebens wurde ein Notstandsgesetz erlassen, welches die Befugnisse der Kanzlerin und des Gesundheitsministers Sins Wahn deutlich erweiterte, damit diese dann, ohne das ganze langwierige Demokratiegedönse, welches mit dem Parlamentarismus verbunden ist, ermächtigt waren, nach den Empfehlungen der Berater und ihren eigenen Einschätzungen, jederzeit Ge- und Verbote auszusprechen und bürgerliche Rechte abzuschaffen. Weitere Minister und die Ministerpräsidenten der sechzehn Bundesländer musste man natürlich hinzuziehen und ebenfalls mit autoritären Machtbefugnissen jenseits der gesetzlichen Rahmenbedingungen ausstatten. Aber auch dies gelang flächendeckend gut und schnell, ohne Widerstand der parlamentarischen Opposition oder gar Widerspruch aus den eigenen Reihen, da alle, in Anbetracht der Corona Bedrohung und der tiefsitzenden Angst vor einer Covid 19 Erkrankung, mit den schlimmen Folgen wie zu wenige Intensivbetten und Massensterben, zu allen Zugeständnissen bereit waren.

Derweil eilten die Schreckensmeldungen begleitet von eindrucksvollen Bildern in Lichtgeschwindigkeit um die Welt; täglich neue Inzidenzen, wachsende Fallzahlen, Triage, steigender R-Wert, überlastete Krankenhäuser, zunehmende Neuinfektionen, Letalität des Virus, Übersterblichkeit, exponentielles Wachstum. Die Zeitungen und TV-Sendungen waren voll mit diesen Schlagwörtern und ließen kaum mehr Raum für Botschaften jenseits von Corona.

Die Bürger verhielten sich einsichtig und gehorsam, sie taten, was von ihnen verlangt wurde, sogar mehr noch, in vorauseilendem Gehorsam überwachten sie einander mit aller Strenge hinsichtlich der Einhaltung der Hygieneverordnungen und des social distancing. Dieses „wir kontrollieren uns gegenseitig" funktionierte großartig und war eine deutliche Entlastung für die Polizei und die Ordnungsbehörden. Außerdem hatte jeder der Bürger auf die Art und Weise eine verantwortungsvolle Aufgabe und fühlte sich in diesem bedrohlichen Geschehen gebraucht und ein bisschen berufen bei der Menschheitsrettung mitzuwirken.

Das Wort Maske, welches bis Dato in Deutschland originär inhaltlich mehr zum Kölner Karneval gehörte und mit Feiern und Party verbunden war, bekam jetzt eine neue Bedeutung. Die Maske hatte nichts mehr mit Spaß zu tun, sie wurde seitens der Politik zum Lebensretter erklärt und damit zum permanenten, allgegenwärtigen Alltagsbegleiter erhoben.

Kanzlerin Ferkel war zufrieden, alles lief ganz wunderbar. Sie hatte gerettet. Ihre Umfragewerte stiegen. Selbst die politischen Gegner aus der Vor-Corona-Zeit lobten ihre Aktivitäten. Nur wenige wagten es, ihr hier und da zu widersprechen und Zweifel hinsichtlich der Angemessenheit der Infektionsschutzverordnungen, die sie und Sins Wahn, der inzwischen zum Pandemieminister ernannte worden war, erlassen hatten, zu äußern. Und wo das gele-

gentlich doch passierte, war gleich der SPD Medizin-
mann Lauterkrach zur Stelle und machte diese Rebel-
len mundtot.

Über das großartige Engagement dieses herausra-
genden Corona-Botschafters, der die Schwere einer
solchen, nie zuvor dagewesenen Epidemie in vollem
Ausmaß erkannt hatte und nicht müde wurde, die
Menschen zur Einhaltung der Vorschriften zu ermahnen, freute sich die Kanzlerin besonders. Es war, als
sei aus einem alten Gegner einer ihrer folgsamsten
Schüler geworden, so intensiv verteidigte er ihre An-
weisungen; mehr noch, infolge seiner herausragen-
den virologischen und epidemiologischen Kenntnisse, die er sich vor seiner politischen Laufbahn in
einigen Berufswochen als praktizierender Arzt ange-
eignet hatte, war er geradezu prädestiniert als seu-
chenhysterischer Avantgardist den Nährboden für
die gesellschaftliche Akzeptanz von weiteren tief-
greifende Einschränkungen der bürgerlichen Grundrechte zu schaffen. All dies natürlich zum Schutze der
bedrohten Menschheit. So lag das große Potential
vom Krachmacher Kalle in den mahnenden Worten:
„Was nützt euch die Freiheit heute, wenn ihr dafür
morgen vielleicht, wahrscheinlich, ziemlich sicher tot
seid. Wenn nicht ihr selbst, so aber ganz gewiss eure
Eltern, Großeltern oder sonstige Verwandte."

Wer traut sich bei einem solchen Strafmaß noch,
ungehorsam zu sein?

Lauterkrach blühte unter der pandemischen Krise
regelrecht auf, weil er endlich die Chance hatte, als

Dauerschwätzer in Talkshows mit dem Dauerthema Corona zu brillieren, oder dies zumindest zu versuchen, wobei er gelegentlich etwas ungeschickte Aussagen und Prophezeiungen von sich gab, insbesondere wenn er montags schon wusste, wieviel Menschen am kommenden Freitag sterben würden, weil keine Intensivbetten mehr verfügbar seien. Diese Prognosen stimmten nicht nur selten, sondern eigentlich nie mit den Fakten überein, aber das war nicht Ferkels Problem.

Die Politik der deutschen Bundeskanzlerin fand weltweite Anerkennung und viele Nachmacher, weshalb Ferkel sich in ihrem Tuen bestätigt fühlte: Rund um das Pandemiegeschehen hatte sie alles zu hundert Prozent richtig gemacht und das könnte ihr möglicherweise noch mal vier Jahre Kanzlerschaft sichern.

Im tiefen Glauben, dass die neuen Verhaltensregeln und die staatlichen Verbote zum Schutz der Gesundheit und speziell zur Verhinderung von Massensterben unumgänglich waren, nahm die Bevölkerung die beinahe täglich neuen Bestimmungen und Verordnungen, auch wenn sie teilweise erhebliche Einschränkungen ihrer grundgesetzlich garantierten Freiheitsrechte bedeuteten und große Teile des Wirtschaftslebens lahmlegten, relativ gelassen hin. Vielen Menschen war gar nicht unbedingt klar, dass die Maßnahmen ihre Grundrechte tangierten, im Gegenteil viele waren dankbar, dass Ferkel und ihr Team sich so fürsorglich für den Schutz der Bevölkerung einsetzten.

Außerdem gab es nicht wenige, denen die aus der Corona-Politik zwangsläufig resultierende Entschleunigung ihres Alltagslebens durchaus willkommen war. Unzählige Beamte und sonstige Behördenangestellte durften bei laufenden Gehaltszahlungen zuhause bleiben, eine Erhöhung des Kurzarbeitergeldes erleichterte vielen in der Industrie beschäftigten Menschen den vorübergehenden Verlust des Arbeitsplatzes. Homeoffice war für die meisten auch eine sehr positive Angelegenheit, kein Zeitaufwand für Fahrten zur Arbeit und immer mit der Familie zusammen. Homeschooling war demgegenüber allerdings nicht so herbeigesehnt und oftmals mit ziemlichen Anstrengungen insbesondere der Mütter verbunden.

Kanzlerin Ferkel war sehr mit sich und der Welt zufrieden, sogar beinahe glücklich. Nach all dem Stress, den Auseinandersetzungen, den inner- wie außer- und überparteilichen Anfeindungen der letzten Monate war endlich Ruhe eingekehrt. Das Rautieren ging ihr leicht von oder besser gesagt mit der Hand. Nie zuvor war das Regieren so einfach und unproblematisch gewesen wie jetzt. Es gab kaum etwas zu tun, keine Probleme zu lösen, weil es nur noch Corona gab.

Alle Akteure des Politgeschehens schienen völlig entspannt zu sein, Pfosten und Wühler machten die Ansagen, danach wurde gehandelt und fertig aus.

Schließlich waren sie die Experten. Wer sollte es schon wagen, an der Richtigkeit ihre Prognosen sowie Handlungsanweisungen zu zweifeln.

Bundestagspräsident Häuble, ein kluger Mann, seit ewigen Jahren im Politgeschäft, hatte die Kanzlerin ganz nebenbei darauf hingewiesen, dass man die derzeitige Situation der coronabedingten allgemeinen Ruhe im Volk und der Untätigkeit des Parlaments gut dazu nutzen könne, Dinge durchzusetzen, die unter normalen Bedingungen eben nicht oder nur sehr schwer durchsetzbar waren. Seine Tochter, das liebe Tienchen, die alsbald ARD-Programmdirektorin und vielleicht demnächst Ministerpräsidentengattin sein würde, könne ein bisschen dabei helfen, sollte versehentlich etwas an die Öffentlichkeit geraten, was dort nicht hingehöre, die Verbreitung dessen zu verhindern. So könnten in Zukunft, die erwünschten und unerwünschten Wahrheiten noch besser unterschieden werden, da Tienchen ja auf diese Art des differenzierenden Arbeitens spezialisiert sei.

Außergewöhnlich gut hatte sich auch Sins Wahn unter den derzeitigen Corona-Bedingungen entwickelt, was Ferkel ihm eigentlich nicht zugetraut hatte. Es schien als sei er durch die Herausforderungen des Amtes zu einem Manne gereift.

Tagtäglich verkündete er die ihm von Wühler und Pfosten oder gar Lauterkrach zugetragenen Mahnbotschaften, warb um Verständnis für die Härte der Maßnahmen, drohte, wenn es notwendig war, mit

Strafen und versprach, dass bald der erlösende Impfstoff da sein und er alle damit versorgen würde. Koste es, was es wolle!

Apropos Kosten, aktuell war er vorrangig mit den Kosten seines neu erworbenen Hauses beschäftigt. Fast fünf Millionen. Das ist natürlich auch für einen Minister nicht gerade eine Kleinigkeit. Obwohl, ein Minister mit guten Kontakten zu Banken und zur Pharmaindustrie, möglicherweise auch zu Will States, da ist dann vielleicht einiges mehr möglich, als unter normalen Umständen. Wer weiß das schon.

Ferkel war es egal, was der Wahn so trieb, Hauptsache er funktionierte, sollte er doch sein Schlösschen haben und wie oder womit er es bezahlen würde, war nicht ihre Sache.

Bundeskassenwart Hohlauf Holz hatte sich während der Coronakrise ebenfalls als guter Teamplayer gezeigt. Ohne seine aktive Mitarbeit wäre alles deutlich schwieriger gewesen.

Die schwarze Null war längst vergessen und die roten Nullen hinter der 1 vermehrten sich, wie sollte es anders sein, exponentiell. Aber das störte niemanden. Nachdem die Schuldenpresse nun einmal druckte, spielte die Summe keine Rolle mehr. Zahlen sind Schall und Rauch. Kassenwart Holz hatte den Taschenrechner zur Seite gelegt, die Spendierhosen angezogen und haute die Millionen nur so raus. Was scherte ihn sein Geschwätz von gestern, wo er immer zur Sparsamkeit gemahnt hatte. Man hätte meinen können, er agiere mit Spielgeld, so warf er plötzlich damit um sich. Beinahe jeder Selbständige durfte sich an den Geldern der Hilfsprogramme erfreuen. Zunächst zumindest. Später mussten dann die Soloselbständigen und klein- sowie mittelständischen Unternehmer mehr oder weniger alles zurückzahlen. Aber das war eigentlich kein Problem, denn sie durften inzwischen ja Hartz IV beantragen oder einen der Kredite nehmen, die ihnen großzügigerweise mit vorübergehender Tilgungsaussetzung angeboten wurden.

Hierüber waren die potenziellen Hartzer und Kreditnehmer allerdings nicht sehr erfreut, was Kanzlerin Ferkel und Hohlauf Holz ein wenig verwunderte.

Auf politischer Ebene erwies sich die so tödliche Coronapandemie insgesamt als Harmonisierungsfaktor. Alle waren sich einig: Wir müssen gemeinsam das Killervirus bekämpfen. Die Spaltung in politische Lager war überwunden, alle wurden zu selbstlosen Philanthropen vereint durch das Ziel, dem Volk die Corona-Rettung zu bringen. Was gab es da noch anderes zu tun, außer auf Testzahlen, Intensivbetten, Beatmungsmaschinen und prognostizierte Mortalität zu schauen, um dann Restriktionen und Verordnungen durchzusetzen.

Auch Bundespräsident Scheineier entwickelte sich zu einem hervorragenden Payer im Rettungsteam. Da er bereits in früher Kindheit zur Hochbegabung tendierte, hatte er gleich zu Beginn der Epidemie begriffen, wie dramatisch die Lage ist.

Deshalb war er in Einigkeit mit der Regierung ebenso unermüdlich bestrebt, für die Akzeptanz der Maßnahmen zu werben, und vergas daher tagelang, sich über die Hauptprobleme des Landes, den wachsenden Rechtsradikalismus, die Islamfeindlichkeit und die mangelnde Anpassungsbereitschaft der Deutschen gegenüber Migranten, auszulassen.

Nicht nur im eigenen Land, sondern auch auf der internationalen Bühne hatte Ferkel ihre ehemals bedeutende Führungsrolle, an die sie selbst schon lange nicht mehr geglaubt hatte, fast ohne eigenes aktives Zutun, zurückgewonnen. Weltweit bewunderte man ihre beherzte Corona-Politik. Dieses harte und konsequente Durchgreifen, diese besondere erzieherische Strenge, erschien beinahe ausnahmslos allen führenden Politikern als eine großartige, wenn nicht gar als die einzig machbare Methode, um das Volk wirksam vor dem Killervirus und eigenem Fehlverhalten zu schützen. So kam es in fast allen Ländern zur Übernahme des pädagogisch wirksamen Politikstils von Kanzlerin Ferkel und ihren Ministerpräsidenten.

Einzig die Schweden waren nicht in gleichem Maße nachahmungsbereit wie andere europäische Staaten, sie wollten es besser wissen und beharrten darauf, ihren eigenen Corona Weg zu gehen. Dieses eigenwillige, selbstbestimmte Verhalten, basierte auf dem intensiven Vertrauen zwischen dem Staatsepidemiologen Anders Tegreel und der schwedischen Regierung. Es wurden nur Verhaltensempfehlungen, aber keine Verbote ausgesprochen und keinerlei Grundrechte eingeschränkt. Geschäfte, Restaurants, Schulen, Kindergärten und so weiter wurden nicht geschlossen. Dieses, bezogen auf die Volksgesundheit, äußerst gefährliche und respektlose Vorgehen wurde zuerst von Ferkel und dann global geächtet.

Den Einwohnern des Landes so viel Selbstverantwortung und Entscheidungsfreiheit zuzumuten, bedeutete nach deutschem Regierungsdenken eine gewaltige Überforderung derselben. Wie sollten die Menschen in der Lage sein, ganz allein und auf sich gestellt zu beurteilen, wie man sich einem Killervirus gegenüber sachgerecht verhält.

Auch in Tansania verfolgte man bedauerlicherweise nicht die so erfolgreiche ferkelsche Pandemiepolitik der strengen Maßnahmen und des Lockdowns, obwohl die Menschen in Afrika als besonders gefährdet galten. Dies war jedoch nicht gleichermaßen verantwortungslos wie das Handeln der Schweden, da die Vorgehensweise von Präsident Jon Mangufusi auf wichtigen wissenschaftlichen Erkenntnissen basierte, was allerdings in Europa kaum Interesse fand.

Mangufusi hatte sich eigene Gedanken gemacht, was nicht für jeden Herrscher selbstverständlich ist, und war zu dem Schluss gekommen, dass es notwendig sei, bevor der Kauf von massenhaften Coronatests die Staatskasse belasten würde, diese Tests auf ihre Zuverlässigkeit zu prüfen. So ließ er diverse Proben im Labor untersuchen wie zum Beispiel Motoröl.

Dieser Probe gab man den Namen Jabil Hamaz 30 Jahre alt, männlich. Sie war negativ. Die Probe von einer Papaya - Name: Elizabeth Ana 26 Jahre, weiblich - war positiv. Ein Schaf negativ. Eine Ziege positiv. Weitere Beispiele sind einem Youtube-Video zu entnehmen, welches allerdings in Deutschland keine Beachtung fand.

Klar, was die in Afrika mit ihren primitiven Mitteln machen, kann nur irgendwie Humbug sein. Warum sollte das irgendeinen dieser allwissenden und besonders elitären Wissenschaftler in Deutschland auch interessieren? Das Land hatte schließlich mit Pfosten und Tierarzt Wühler zwei erstklassige Fachleute.

Für Tansania waren die Ergebnisse dieser „test the test" Strategie ein Beweis, dass der Pfosten PCR Test nicht funktionierte, und warum sollte man dann überhaupt testen.

So wurde einige Zeit später, nach einem Dreitagesgebet und Fasten, das Land als beinahe coronafrei erklärt, mit dem Hinweis darauf, sich dennoch zu schützen und bei Erkrankung mit Kräutern zu inhalieren.

Diese schnelle und zugegebenermaßen etwas unorthodoxe Art der Pandemiebekämpfung wurde von der dortigen Bevölkerung allgemein begrüßt. Die Menschen waren glücklich, dass sie die Pandemie so schnell überstanden hatten und weiterhin ganz normal den Alltagsgeschäften nachgehen konnten, ohne Einschränkungen hinzunehmen.

Etwa vergleichbar der Ferkelverehrung in Deutschland wurde Mangufusi in seinem Land als Heilsbringer gefeiert.

Im Sommer wurden die Restriktionen in den europäischen Ländern teilweise gelockert, aber immer nur insoweit als die Zahl der positiv Getesteten und das Wohlverhalten der Bevölkerung dies zuließ.

Inzwischen hatte man überall evidenzbasierte Erkenntnisse und verlässliches Wissen aus klinischen und medizinischen Studien hinsichtlich des Virus und der damit verbundenen Erkrankung gesammelt und trotz eines voll von Pfosten und dem Wühler befohlenen Obduktionsverbotes hatte sich ein neugieriger, unartiger Professor aus Hamburg dazu verführen lassen, circa zweihundert Tote zu obduzieren, wobei er zu dem Ergebnis kam, dass eigentlich alle Verstorbenen nicht direkt an Covid 19 gestorben waren, sondern mindestens eine aber oftmals sogar viele Vorerkrankungen und ein sehr geschwächtes Immunsystem hatten. Auch andere Wissenschaftler kamen zu der Erkenntnis, dass das Virus allein nicht todbringend war und eine ehr schwache Erkrankung verursachte. Vielerorts freuten sich die Menschen über diese frohe Botschaft, weil dies natürlich eine Lockerung der Maßnahmen in Richtung Normalität mit sich bringen sollte, und sie vielleicht bald wieder ihr Geschäfte öffnen und ihren normalen Erwerbstätigkeiten nachgehen konnten, um so endlich wieder Einkommen zu generieren. Für andere wiederum war es eher eine Enttäuschung, sie hatten schön ruhig im Homeoffice oder in der Kurzarbeit gelebt, was im Sommer erholsame Stunden im Garten bedeutete, und daher waren sie in Sorge, dass ihnen dieser Komfort nun bald weggenommen werden könnte. Insbesondere die Mitarbeiter von Behörden, die zum großen Teil bei vollen Bezügen zuhause bleiben durften, waren enttäuscht. So ein bisschen könnte man ihnen die Corona-Auszeit doch noch lassen, sie hatten doch gerade erst den Gartenpool gekauft und die herrlichen Sonnentage luden zu einer intensiven Nutzung ein.

Neben den „ich genieße die Corona-Auszeit" Bürgern gab es die besorgten, die, falls sie überhaupt irgendetwas zur Entlastung der Pathogenität des Virus hörten oder lasen, dies nicht glauben konnten.

Wie sollte denn eine so unfassbar große Gefahr so schnell vorbei sein?

Wie konnte ein gefährliches Virus nicht gefährlich sein?

Und natürlich, das war alles Quatsch, ein Virus, von dem gestern noch die ganze Welt behauptete, dass es tödlich sei, konnte nicht ein paar Wochen später relativ harmlos sein. Wir sind doch hier nicht in Tansania, wo man uns Geschichten erzählen kann!

Gott sei Dank sorgte das Team der beständigen Volksretter, als da waren Lauterkrach, Pfosten, Wühler, Wahn und mittlerweile auch besonders lautstark Bayerns Ministerpräsident Maskus Köter, dafür, dass die Bevölkerung in ihrer Mehrheit nicht wirklich an der tödlichen Gefahr des Virus zweifelte.

Unfassbar, was eine solche Verharmlosung hätte bewirken können.

Die Zahl der Menschen, insbesondere Ärzte, Juristen und Wissenschaftler, die das Coronavirus entdämonisieren, vom Sockel heben und auf die Ebene eines Grippevirus stellen wollten, wuchs ständig. Man musste diesen Feinden der Coronapandemie und des Volksschutzes unbedingt das Handwerk legen.

Durch das nun schon einige Monate dauernde Pandemiegeschehen war Kanzlerin Ferkel zu einer interessanten Selbsterkenntnis gekommen:

Je mehr Angst das Volk hatte, umso angstfreier war sie.

Hieraus ergab sich eine eindeutige Handlungsorientierung für die Zukunft.

Das klare Durchregieren ohne Parlament und Opposition machte ihr große Freude und ließ ungeahnte Kräfte in ihr wachsen.

Insgesamt wirkte das Coronavirus SARS CoV 2 extrem herrschaftsstabilisierend. Ein Phänomen, was sich beinahe überall auf der Welt zeigte. Somit musste die Kanzlerin sich nicht um ihre Machtposition sorgen. Diesen beglückenden Zustand galt es so lange wie möglich zu erhalten. Zutiefst entspannt stand sie fast täglich rautierend an ihrem Rednerpult und beschwor die Menschen, die Maßnahmen zu befolgen und über deren Einhaltung zu wachen, bis ein rettender Impfstoff zur Verfügung stehen würde.

Wie froh war sie, dass sie etwaiges Infragestellen der Gefährlichkeit des Virus, wozu sich irgendwelche sehr erfahrenen Fachleute wie die Professoren Suchard Phrakti, Klarina Weiß, Wolle Wotag und viele anderen, befähigt fühlten, nie zugelassen hatte. Sie hatte dafür gesorgt, dass diese Leute, die fast genauso gefährlich waren, wie das Virus selbst, aber sich anmaßten, es besser zu wissen als Tierarzt Wühler und Pfosten, in medialer Bedeutungslosigkeit verschwanden. Wie hatten diese Wichtigtuer nur im Geringsten erwarten können, dass sie, die Kanzlerin der Bundesrepublik Deutschland und Schutzpatronin der Volksgesundheit, ihnen Gehör oder auch nur eine Minute ihrer wertvollen Zeit schenken könnte. Sie, die die große Ehre gehabt hatte, das schwedische Gretchen, dieses hübsche Kind, zu empfangen, konnte ihre Zeit doch nicht mit solch unbedeutenden Wissenschaftlern vielleicht gar Scheinwissenschaftlern vergeuden. Was glaubten diese Leute denn, wer sie seien. Und da konnten sie noch so viele wissenschaftliche Aufsätze, Fachbücher und Bestseller schreiben, die würden niemals mit Gretchens Schrift: „I want you to panic" konkurrieren können.

Das Nachdenken über diese dreisten Coronaleugner oder besser noch Covidioten, wie die ehrenwerte Fresskens sie in einem Anfall von `Ich mutiere zur Sprachkünstlerin` genannt hatte, bewirkte bei der Kanzlerin eine gewisse, nicht wünschenswerte Unruhe. Nein, nein, sie hatte sich nichts vorzuwerfen. Sie beschloss die Raute zu machen, um sich zu beruhigen. Seltsamerweise dauerte es einige Zeit, bis sie das schaffte und es hatte sie sehr viel Anstrengung und Konzentration gekostet, was sie verärgerte. Sie sah den Spiegel auf ihrem Schreibtisch. Sie ergriff ihn.

Spieglein, Spieglein in meiner Hand,

wer unterstützt mich in meinem Land?

Der Köter aus Bayern steht dir sehr nah,

mit Masken und Verboten ist er bald da.

Bringt Faceschilde aus der Fabrik seiner Frau,

der Maskus, ist ganz besonders schlau.

Ist fleißig, will dir helfen das Volk zu retten,

und sich danach

gemütlich im Kanzlerhaus betten.

Was ihr Spieglein da sagte, war eine Neuigkeit, denn bisher zählte der Köter weder zu ihren politischen noch zu ihren privaten Freunden.

Ist schon irre, was sich in Coronazeiten so alles veränderte. Nun, ihr sollte es recht sein, je mehr Freunde und Unterstützer, umso besser für sie.

Selbst ihr junger österreichischer Amtskollege Furz, mit dem sie selten einer Meinung war, verfolgte die gleiche „und seid ihr nicht willig, so brauch ich

Gewalt" Strategie, auch wenn er, genau wie sie, gar kein Erlkönig war. Aber sie beide wollten den Menschen ja auch kein Leid tun, sondern sie nur vor Leid schützen, und dazu mussten sie sich halt bestimmter autoritärer Methoden bedienen.

Unbedingte Notwendigkeit und Alternativlosigkeit waren die Charakteristika der Rettungsdiktatur im Gegensatz zur schäbigen Machtdiktatur, wie etwa dieser totalitäre Wahlbetrüger Schlucka Schenko in Belamfluß sie praktizierte. Das ist eben der große Unterschied, es gibt Machtdiktaturen und Rettungsdiktaturen, und letztere sind ganz offensichtlich alternativlos.

Man könnte auch sagen: Der Zweck heiligt die Mittel, auch wenn der Dreck stinkt schon am Kittel! Vielleicht sogar am Laborkittel.

Globalpolitisch herrschte unter den Regierenden nach wie vor große Einigkeit darüber, dass man in schwierigen Zeiten mit dem ganzen demokratischen Firlefanz nicht weiterkam; da brauchten das Volk und seine Vertreter klare Ansagen ohne großartiges Rumdiskutieren und Abstimmen. Deshalb standen Corona-Rettungsdiktaturen überall auf dem Programm und die guten Umfragewerte der Kanzlerin zeigten ja, dass die Menschen genau das wollten.

Aber nicht nur das gemeine Volk war mit dem aktuellen Politikstil, der inzwischen unter der Bezeichnung Ferkantilismus bei Wikipedia geführt wurde, sehr zufrieden, auch die Unternehmen, zwar weniger die kleinen und mittelständischen, aber dafür umso mehr die großen, denn entweder sie bekamen gewaltige Unterstützungszahlungen, weil sie systemrelevant oder too big to fail waren, oder die Geschäfte liefen eben gerade wegen Corona außerordentlich gut, wie etwa im Versandhandel.

So bekam die Kanzlerin als Anerkennung für ihre Leistung viele Dankesschreiben und Warengutscheine und die Firma Otto Ramazon zeichnete sie sogar mit dem goldenen Verdienstpäckchen aus, da der Umsatz exponentiell gewachsen war. In politischen Hinterzimmern wurde zwischenzeitig gemunkelt, dass der Firmenchef von Ramazon Ferkel einen Posten als Marketingmanagerin für die Zeit nach ihrer Kanzlerschaft angeboten hatte, was diese aber nicht angenommen habe, da die Umfragewerte so vielversprechend waren, dass eine weitere Amtszeit keinesfalls ausgeschlossen war.

Der Paketzusteller PUPS unterbreitete der Kanzlerin ein ähnlich attraktives Angebot. Hier sollte sie Personalchefin werden, aus Dankbarkeit dafür, dass durch ihre einladende Migrationspolitik genügend billige Lohnarbeiter ins Land einreisen konnten und so trotz gewaltiger Umsatzsteigerungen kein Personalmangel aufkam.

Die Belobigungen und Wohltaten der Maskenhersteller ereilten Kanzlerin Ferkel jedoch weit weniger, sondern kam vermehrt Pandemieminister Wahn zu Gute. Aber er bekam kein Jobangebot, zumindest wurde nichts Derartiges bekannt.

In Summe erwies sich dieses Jahr als eines der erfolgreichsten in Ferkels langjähriger Karriere und das, obwohl man sie im politischen Sinne vor Corona schon beinahe abgeschrieben hatte.

Während des Sommers gingen die Politiker ein bisschen großzügiger mit den Menschen um, hier und da wurden ein paar Maßnahmen gelockert, verbotene Verhaltensweisen wieder erlaubt, Geschäfte und Restaurants konnten unter Einhaltung besonderen Auflagen öffnen, Reisen war in begrenztem Maße wieder möglich, aber parallel dazu wurde der Bevölkerung auch permanent vermittelt, dass diese großzügigen Lockerungen und Öffnungen, wie man das inzwischen nannte, nicht von langer Dauer sein würden, da die zweite Welle, von Ferkel, Wahn und anderen schon ganz klar vorhergesagt, vor der Tür stand.

Die meisten Menschen waren sehr dankbar dafür, dass die verantwortlichen Entscheider ihnen ein paar der herkömmlichen Alltagsaktivitäten häppchenweise wieder zugestanden, und sie honorierten dies mit steigenden Beliebtheitsbekundungen, so zumindest, wenn man den Umfragewerten, die bei den öffentlich-rechtlichen Sendern präsentiert wurden, Glauben schenken wollte. Wollte, aber nicht musste!

Da Teile der Bevölkerung mit diesen neuen Freiheiten nicht adäquat umzugehen in der Lage waren, ja sogar die Dreistigkeit besaßen, selbige zu missbrauchen, indem sie sich beispielsweise ohne Mund-Nasenbedeckung in Fußgängerzonen, Schwimmbädern und an sonstigen verbotenen Orten aufhielten, oder sich gar zu kleinen Gruppen in Parks und auf ähnlichen Freiflächen versammelten, mussten die Menschen alsbald wieder dazu animiert werden, in

ihrem System der gegenseitigen Kontrolle und Über-
wachung nicht nachzulassen, denn dies hätte zu einem schweren Rückschlag für die Coronapolitik der
Regierung führen und die Volksgesundheit massiv
gefährden können.

Die Sorge hierüber bedingte, dass man das Feld
der Volksbeschallung und Indoktrination nicht mehr
allein den Seuchenspezialisten Lauterkrach, Wühler
und Pfosten überlassen wollte, zumal immer mehr
Wissenschaftler die Frechheit besaßen, zu behaupten,
dass deren Erklärungen falsch oder zumindest doch
sehr fragwürdig seien und den evidenzbasierten Fakten widersprächen. Seitens der Politik konnte man
nicht zulassen, dass das Panikbewusstsein der Bevölkerung schwächeln würde, denn immerhin hatte Sins
Wahn gerade erst eine umfassende Maskenlieferung
erhalten, und die mussten ja schließlich nun irgendwie an Frau, Mann und Kind gebracht werden.

Auch ganz allgemein wurden zunehmend mehr
Menschen ungeduldig bezüglich der Coronamaßnahmen und fingen an, diese unter den Aspekten
Sinnhaftigkeit und Verhältnismäßigkeit zu hinterfragen. Sie lasen und hörten in alternativen Medien, sie
informierten sich und wurden infolgedessen unartig
und renitent. Diesem widerspenstigen Gebaren
konnte Ferkel nicht untätig zusehen, es musste eine
Zähmung erfolgen. Was sie jetzt brauchte war ein
starker Kollege, einer, der ihr tatkräftig zur Seite
stand, nicht so ein Wackelmännchen wie der NRW

Latschenamin oder ein Weichei wie der sachsen-anhaltinische Haselauf. Nein, ein richtiger Kerl musste her, einer dessen Stimme und Körper Gewicht hatte.

Für diesen Job schien einzig Maskus Köter geeignet. Seine donnernde Sheriffstimme, die aus den echorisierenden bayrischen Bergen dröhnend und euphorisch über das ganze Land hinwegschallen würde, konnte die gewünschte Wirkung nicht verfehlen. Ein gewaltiges Köter Lauterkrach Stimmengemenge würde jeglichen Zweifel an der großen tödlichen Gefahr des Virus unterbinden.

Die Kanzlerin griff schon zum Telefon, um ihn zu einer Audienz einzuladen, als ihr doch noch Bedenken kamen. Hatte das Spieglein nicht gesagt, er wolle ihren Platz einnehmen und es sich in ihrem Herrschersessel bequem machen? Konnte sie so einem Mann trauen? Andererseits, welche Chance hatte er im Moment damit durchzukommen? Eigentlich gar keine, denn Latschenamin und Sins Wahn würden mit aller Macht gegen einen potentiellen Kanzlerkandidaten Köter kämpfen und außerdem gehörte der Sauerlandfritze, von dem während der Coronakrise nicht wirklich viel Kritik an ihrer Politik, sondern eher Zustimmung gekommen war, auch mit zur Koalition der Köter Verhinderer. Also anrufen!

Maskus ließ sich von Änji nicht lange bitten. Längst stand er als Unterstützer der Kanzlerin für bundesweite Aktionen zur Verfügung.

Man musste, wenn man die Gesellschaft weiterhin erfolgreich coronasichern wollte, die Leute ordentlich, um nicht zu sagen gewaltig, in Panik versetzen. Nur Angst macht die Menschen einsichtig und gefügig, das hatte er von Gretchen gelernt. Angst ist der Motor für Wohlverhalten, Anpassung und den Verzicht auf eigenständige mündige Entscheidungen.

Ferkel musste seiner eindrucksvollen sozialpsychologischen Analyse zustimmen und beschloss, diesen so einsichtigen und hysteriebegabten fast noch jungen Ministerpräsidenten besonders zu würdigen, da es ihm, durch sein unaufhaltsames Engagement und seine hohe Motivation, bereits gelungen war, die Bayern in permanentem Panikmodus zu halten. Daher ernannte sie ihn kurze zu ihrem P3 Minister, was nichts anderes hieß als: Pandemie Panik Propagandaminister. Ursprünglich hatte sie diesen Posten für Lauterkrach vorgesehen, aber jetzt schien es ihr, als sei Köter noch weit besser für dieses Amt geeignet, denn Kalles Stimme klang in Relation zu der von Maskus eher wie die eines Mahnmännchens und weniger wie die eines Kriegstreibers. Und jetzt waren halt die lauten Töne angesagt, die leisen wären möglicherweise ineffizient. Das sollte natürlich nicht bedeuten, dass Lauterkrach nicht weiterhin in Talkshows oder bei Ranz den Experten geben durfte, der er eigentlich nicht war, was aber nur Wenige bemerkten. Für solche Einsätze war er nach wie vor gut zu gebrauchen.

Doch so sehr Ferkel und ihre Gefolgschaft sich auch um Wahrheitsbegrenzung bemühten, die Gruppe derer, die an der Sinnhaftigkeit der Coronamaßnahmen zweifelten, war nicht gänzlich mundtot zu kriegen, egal, wie viele Masken sie unter dem dazu noch vorgeschriebenen Faceschild tragen mussten, egal wie eingeschränkt die Versammlungsmöglichkeiten waren. Sie beantragten trotz aller Schikanen und Anfeindungen Versammlungen, sie organisierten Demos, sie hielten ihre Reden, verkündeten neuste wissenschaftliche Forschungsergebnisse und sangen ihre Lieder.

Sind so kluge Münder,

sprechen alles aus,

will der Staat verbieten,

soll nichts kommen raus.

Sind so große Augen,

die noch alles sehen,

können alles lesen,

wollen alles verstehen.

Haben so feine Ohren,

scharf und ihr erlaubt,

soll Köter nicht zerbrüllen,

werden davon taub.

Sind so liebe Menschen

friedlich und ganz frei,

will der Staat verbiegen,

will brechen sie entzwei.

Im Gegenteil, mehr und mehr Menschen sahen, dass ihre Realität nicht mit dem Bild in Übereinstimmung war, welches man ihnen per Schablone zu malen befohlen hatte. Und jenseits aller Verbote suchten sie nach Informationen in alternativen Medien und Austausch mit anderen Zweiflern und sie fanden viele wissenschaftliche Belege und evidenzbasierte Studien, die davon zeugten, dass das berüchtigte, verbrecherische Virus auf der faktischen Gefahrenscala nur auf der Ebene eines Grippevirus anzusiedeln war.

Diese Coronaleugner und Zweifler waren schlimme Scharlatane und Verbrecher. Sie wollten ihre parlamentarische Demokratie wiederhaben. Sie wollten das Ermächtigungsgesetzt stoppen. Sie wollten die Pandemie stoppen und so die ganze Menschheit gefährden. Sie waren frech, uneinsichtig und ungezogen. Nur, …. Lügner waren sie nicht, das konnte man ihnen nicht vorwerfen. Sie waren einfach nur zu gut informiert.

Dennoch Maskus Köter hätte am liebsten jedem einzelnen von ihnen den Allerwertesten versohlt und in den Sühnekeller gesperrt, bis sie endlich kapiert hätten, wie gefährlich es ist, wenn man Corona leugnet. So war sein Vater auch mit ihm verfahren, wenn er nicht artig war, und das war immer noch die beste Erziehungsmethode, neben dem „die Zügel anziehen". Dieses „Wir müssen die Zügel anziehen", war inzwischen einer seiner Lieblingsätze. Dabei war er doch von Haus aus Jurist und kein Pädagoge.

Sind so schöne Menschen,

noch ist alles dran,

Köter will sie schlagen,

ist ein böser Mann.

Die Gedanken sind frei,

niemand kann sie erraten,

sie ziehen vorbei,

an Maskus dem Harten.

Er will sie gern wissen,

doch er muss sich verpissen,

denn es bleibet dabei,
die Gedanken sind frei.

Alles Glück und Begehren,
will die Regierung verwehren,
doch es bleibet dabei,
Die Gedanken sind frei.

Die Gedanken sind frei,
war vor Corona-Zeiten,
die Demokratie ist vorbei,
steht auf neuen Gesetzesseiten.

Doch ich denk was ich will,
und was mich beglücket,
und das nicht in der Still,
weils mich sonst erdrücket.

Drum will ich auf immer,
dem Regime hier entsagen,
und will mich auch nimmer
mit dummen Politikern plagen,

ich hab ja ein Hirn,

kann denken und fragen,

es bleibet dabei:

die Gedanken sind frei.

Für Kanzlerin Ferkel war das Gespräch mit Maskus auf jeden Fall sehr ergiebig gewesen, denn sie hatte jetzt einen neuen Minister, einen P3 Minister, auch wenn die Öffentlichkeit das nicht unbedingt erfahren sollte.

Einen Tag später empfing Ferkel RKI Chef Wühler. Er brachte ihr die neusten Zahlen bezüglich Infizierter, Krankenhausbelegung durch Coronapatienten, Beatmungen, Sterbezahlen und so weiter. Doch das Datenmaterial waren enttäuschend, hiermit konnte man die Menschen nicht beeindrucken und vor allem nicht hinreichend ängstigen. Ferkel war verärgert.

Tiefbetrübt und sorgenschwer,

rannte im Kanzleramt Frau Ferkel umher.

Suchte die Toten im Spital,

fand sie nicht, das war fatal.

„Mensch, Wühler, was denken Sie sich dabei, mir solche Zahlen zu präsentieren. So kriegen wir das mit der zweiten Welle bestimmt nicht hin. Wie sieht es denn in Afrika aus, gibt es da wenigstens vernünftige Daten. Es kann doch nicht sein, dass ein tödliches Virus nicht in der Lage ist zu töten? "

„In Afrika sieht es leider auch nicht so gut aus, die Zahlen dort erlauben es nicht, von einer Pandemie zu sprechen, die Menschen sind nicht krank und Letalität ist nicht vorhanden, insofern sind die Daten für uns nicht brauchbar."

„Wie ist das möglich? Die Afrikaner haben eine weit schlechtere Ernährungssituation, eine miserable Wasserversorgung, erbärmliche Hygieneverhältnisse und von einem ordentlichen Gesundheitssystem wollen wir erst gar nicht reden. Es kann doch nicht sein, dass Corona einfach so an denen vorbeimarschiert."

„Naja, ich würde sagen, das liegt am Neandertaler Gen. Die haben das nicht und deshalb greift das Virus sie nicht an. Wir Europäer haben das und deshalb ist das Coronavirus für uns eine stärkere Bedrohung."

„Wühler, was erzählen Sie mir da für einen Unsinn. Neandertaler, wir?

Wenn es irgendwo noch Neandertaler gibt, dann sicher nicht hier bei uns, sondern wohl ehr in den primitiven Ländern Afrikas? Haben sie in Berlin etwa schon mal einen Neandertaler gesehen? Soweit ich weiß, lebten die vor fünfzigtausend Jahren oder so?"

„Ja, das ist richtig. Aber bereits damals haben die Neandertaler ein Gen nach Europa gebracht, indem sie dort einwanderten und artfremden Beischlaf mit dem Homo Sapiens vollzogen, wodurch das Gen dann beim Homo Oeconomicus landete und bis in unsere Zeit hinein konserviert wurde. Heißt: wir haben das Neandertaler Gen, welches uns anfällig macht für die Covid 19 Erkrankung, während die Afrikaner es eben nicht haben und demzufolge nicht krankheitsgefährdet sind. So zumindest hat mir der Pfosten das erklärt und ich habe das dann mal geglaubt. Im Internet kann man das auch sehr gut nachlesen."

„Schon seltsam, was so ein bisschen Beischlaf alles anrichten kann. Naja, wenn der Pfosten das so gesagt hat, dann nehme ich das als gegeben hin. Er muss es wissen. Aber dann gucken Sie doch in südamerikanische oder asiatische Länder, dort werden Sie schon was finden, denn wenn wir schon keine eigenen Coronatoten haben, dann müssen wir sie eben woanders finden. Es sieht sonst so aus, als gäbe es keine Pandemie und keine zweite Welle und alles wäre relativ harmlos und das, mein lieber Wühler, wäre nicht nur mein, sondern auch Ihr berufliches Ende. Das vom Pfosten und vielen anderen übrigens auch. Das wäre die Katastrophe schlechthin. Die Pandemie endet erst, wenn wir einen Impfstoff haben, und dabei bleibt es. So habe ich es der Bevölkerung gesagt und so habe ich das auch Will States versprochen und ich werde auf keinen Fall wortbrüchig. Was können wir tun? Was schlagen Sie vor?"

„Vielleicht sollten wir uns erstmal mit Köter, Wahn und Lauterkrach beraten und hoffen, dass sie eine Idee haben."

Ferkel grifft zum Telefon.

„Hallo Sins, Änji hier. In zehn Minuten Seuchen-hysterikersitzung im Kanzleramt. Sag Köter, Lauterkrach und Pfosten auch Bescheid und veranlass eine sofortige Pressemeldung „Coronakrisenstab erarbeitet neues Rettungskonzept für Gesamtdeutschland und die Welt".

„Soll Latschenamin auch erscheinen? Er vertritt immerhin das größte Bundesland."

„Quatsch, ihn brauchen wir nicht. Er hat sich mit seinem Gefasel von Lockerungen und Verhältnismä-ßigkeit der Maßnahmen nicht gerade als guter Plan-demiepaniker erwiesen."

„Und wie siehts aus mit Handknarrenbauer? Sie ist schließlich unsere Parteivorsitzende."

„Nee, lass ma. Die will dann wieder gleich nen neuen Zwerg, und das wird mir langsam zu teuer. Hol die Leute her, die ich benannt habe und gut ist."

„Okay Änji, mach ich!"

Alle sind im Kanzleramt eingetroffen. Nach kurzer Begrüßung beginnt die Sitzung.

„Wühler, die Zahlen!"

Wühler präsentiert die im Sinne des `I want you to panic´ nicht positiv verwertbaren Zahlen. Wenig Infizierte, kaum Kranke, keine Übersterblichkeit.

Und kam die goldene Herbsteszeit,

da tanzten die Vieren weit und breit.

Da schwätzte, wenns abends vom Turme scholl,

der Pfosten die Leut mit Weisheiten voll.

Und kam dazu aus Nürnberg der Köter daher,

so gabs Seuchegequassel mehr und mehr.

„Also meine Herren, was machen wir? Vorschläge!"

So die Kanzlerin in extrem autoritärem Ton. Die Herren zucken zusammen. Ferkel hatte sie eingeschüchtert. Sins Wahn erhob mutig den Zeigefinger. Er hatte sich so sehr in seine Schulzeit mit einer strengen Lehrerin versetzt gefühlt, dass er gar nicht merkte, dass Aufzeigen hier nicht unbedingt angesagt war. Ferkel erteilte ihm das Wort.

„Vielleicht sollten wir testen, viel mehr testen. Dann werden wir vor dem Hintergrund der falschpositiven Testergebnisse schon ordentliche Infektionszahlen erreichen."

„Das wäre eine gute Idee Sins, wenn du nicht gerade erst bei Klaut Streber hinausposaunt hättest, dass wir nicht zu viel testen sollen, damit nicht zu viele Falsch-Positive auftauchen. Und leider führen diese PCR Tests nicht zu den gewünschten Fallzahlen, was sich ja in anderen Ländern, in denen auf Teufel komm rein getestet wurde, erwiesen hat. Pfosten, was sagst du dazu? Was ist los mit deinem PCR Test? Wie funktioniert er? Kann man ihn wirkungsvoller machen?"

„Ich erklär euch jetzt mal, wie der Test funktioniert und welche Optionen es gibt, ihn zu effizienter zu machen.

PCR ist eine Abkürzung für Polymeras Chain Reaction, zu Deutsch Polymerase Kettenreaktion. Der PCR Test misst nicht das Virus selbst, sondern sucht nach dem Vorhandensein eines winzigen Bruchstücks der Virus RNA.

Durch den PCR-Tests werden die in einer Probe enthaltenen Erbgutspuren in sogenannten Zyklen oder Amplifikationen immer wieder verdoppelt. Ist zunächst nur eine einzelne Spur des Virus vorhanden, so sind es nach dem zweiten Zyklus schon zwei, nach drei Zyklen vier, nach zehn   tausendvierundzwanzig und so weiter, bis zum Auftreten eines positiven, messbaren Signals. Ist in den Proben viel Virusmaterial, schlägt der Test relativ schnell an. Sind dazu mehr als 35 Vervielfältigungszyklen nötig, trägt der Getestete nur eine sehr geringe Viruslast in sich, die mit großer Wahrscheinlichkeit nicht vermehrungsfähig ist. Aber grundsätzlich bedeutet das erstmal: Je mehr Testzyklen die Probe durchläuft, umso höher ist die Wahrscheinlichkeit ein positives Testergebnis zu bekommen."

„Mensch, Pfosten Sie sind wieder mal die Rettung! Also Sins, wenn die Sache so einfach ist, dann leg mal los und verordne den Laboren vierzig oder vielleicht besser sogar fünfzig dieser Zyklen, damit wir auf der sicheren Seite sind. Dazu lässt du massenhaft testen, so haben wir dann einen tollen Synergieeffekt, wir erfüllen den Wunsch der Menschen nach mehr Sicherheit durch Testung und wir können mehr positiv Getestete, für uns sind das Infizierte, erzeugen."

Wühler erhob den Zeigefinger, er traute sich die Euphorie der Kanzlerin zu bremsen.

„Naja, positiv getestet ist nicht gleichzusetzen mit infiziert, das sollten wir in diesem Zusammenhang berücksichtigen, sonst meckern die Schreihälse aus den Reihen der Corona-Maßnahmenkritiker wieder rum und ich krieg den ganzen Shitstorm ab."

„Wühler, jetzt sei mal nicht son Sensibelchen. Bisschen Shitstorm muss man aushalten. Und wie genau oder besser ungenau das mit dieser Testerei funktioniert, das interessiert außerhalb dieser Gruppe der Covidioten doch eh keine Seele. Glaub mir Wühler, die Menschen interessiert nur eins, sie wollen gerettet werden."

Unvermittelt und ungefragt schaltete sich jetzt P3 Minister Köter ein, der zuvor, unter missbilligenden Blicken von Lauterkrach, intensiv mit seinem Handy beschäftigt war.

„Mensch Wühler, vertrau mir. Ich heize den Leuten so richtig ein, erst mit Worten und dann zieh ich die Zügel an. Die werden vor Angst erstarren und weder Zeit noch Kraft finden, das Testverfahren oder die Ergebnisse oder sonst was zu hinterfragen und anzuzweifeln. Du und auch Pfosten, ihr könnt euch da voll auf mich verlassen. Meine Frau hat sich grad letzte Woche erst ein neues Pferd gekauft, da hat sie mir gezeigt, wie man die Zügel ordentlich anzieht und die Marschrichtung vorgibt. Und was beim Tier funktioniert, sagt meine Frau, funktioniert auch beim Menschen. Also, keine Sorge Jungs, niemand wird euch oder eurem Test was anhaben."

Lauterkrach meldete sich nun auch zu Wort.

„Aber wir müssen trotzdem ein bisschen vorsichtig sein, da ist so eine Göre, Naomi Schreibt oder so ähnlich heißt sie, die wird nächste Woche im Bundestag den PCR Test erklären und seine Schwächen analysieren. Unter den Abgeordneten ist schon die Rede davon, dass sie den Test wohl als ein völliges Fehlkonstrukt entlarvt. Deshalb weiß ich nicht, ob es so gut ist für unsere Strategie, wenn wir vorrangig auf das Testen setzen."

„Gut, dass du das erwähnst, Kalle. Dann werde ich sofort veranlassen, dass unsere Fraktion an dieser Sitzung nicht teilnimmt. Und du solltest schauen, ob du das Gleiche für deine Partei hinbekommst. Wenn kaum Abgeordnete im Bundestag sitzen, dann bekommt das Mädchen auch keine mediale Aufmerksamkeit, also sollten wir solche Aktionen nicht überbewerten und uns schon gar nicht davor fürchten. Ja, Sins, du hast dich gemeldet. Möchtest du noch etwas sagen?"

„Heißt das jetzt für mich, ich soll Hundertausende von Tests ordern?"

„Nee, Sins, nee, nicht hunderttausende, viele Millionen."

„Och so! Ja, klar kann ich machen. Aber wo nehme ich das Geld dafür her?"

„Kein Problem Sins, ich sag Hohlauf Bescheid, der soll Tristin Laverat, überzeugen, dass sie schnell wieder den Eurodrucker anschmeißen muss. Ich denke das wird kein Problem sein, sie macht eigentlich immer, was ich will."

Damit bahnte sich das Ende der Besprechung an. Nach einer kurzen Verabschiedung verließen alle das Kanzleramt.

Kaum war Ferkel allein in ihrer Amtsstube, da erschien auch schon die Dienerin, um weitere Besucher zu melden.

Meine Güte, schon wieder diese „Corona Fehlalarm" Schreiberlinge Suchard Phrakti und seine Klarina Weiß, der Wotag und wie sie alle hießen. Womöglich waren sie mit ihrem ganzen Gefolge angerückt, weil sie mal wieder viel Weltbewegendes zu sagen hatten.

Wie oft wollten die denn noch hier auflaufen und wie viele Briefe und Mails wollten sie noch schreiben und damit rumnerven. So langsam müssen die doch mal kapieren, dass ich sie nie empfangen, ihnen niemals Gehör schenken würde. Je länger die insistieren, um so weniger Bereitschaft habe ich, sie zu empfangen. Es interessiert mich einfach nicht, was sie zu sagen haben, egal, ob es richtig oder falsch ist, ich werde sie weiterhin ignorieren. Wer hat die überhaupt in mein Kanzlerhaus gelassen? Wo war denn der Sicherheitsdienst? Ich habe doch schon vor Wochen angeordnet, diese Leute nicht ins Haus zu lassen. Der Pfosten ist mein Ratgeber in Sachen Corona, er und Wühler, das sind meine Killervirusversteher und das soll reichen, mehr Berater brauche ich zum Thema Covid 19 und Sars CoV 2 nicht, der Rest ist meine Sache.

Sie war erschöpft und beschloss nach Hause zu fahren. Jockel würde vielleicht schon auf sie warten.

Zuhause angekommen, stellte sie fest, dass Jockel noch nicht da war. Wo konnte er nur sein. Was solls, erst mal ein Gläschen Wein zur Entspannung. Nach zwei Stunden kam Jockel. Sie war sauer! Er hatte sie lange warten lassen. Bestimmt war er wieder bei dieser Leopoldine gewesen. Sofort stellte sie ihn zur Rede. Er stritt alles ab, aber sie wusste, er log. Er log immer, wenn er seine blauen Schuhe trug. Das waren seine Fake Shoes, das hatte sie schon längst bemerkt. Sie ging ins Schlafzimmer. Sie holte die Lügenkappe. Er musste sie aufsetzen. Er leistete keinen Widerstand. Er bekam zwei Wochen Hausarrest. Leopoldinenquarantäne sozusagen. Bei Zuwiderhandlung würden weitere Sanktionen folgen. Köter hatte recht, man muss die Zügel anziehen! Das galt auch für ihr Privatleben.

Während der folgenden Tage arbeiteten alle fleißig daran, sich auf die Ausrufung der nächsten Welle zu konzentrieren und irgendwie die hierfür passenden Zahlen zu beschaffen, um dann mit den großartigen Rettungsaktionen zu starten. Köter und Lauterkrach taten, mit Unterstützung vieler Gesinnungsfreunde, ihr Bestes um die neue tödliche Gefahr, die diesmal allerdings weniger durch die Letalität des Virus als vor allem durch Überlastung der Krankenhäuser entstehen sollte, überzeugend herbeizureden. Der Angstaktivator lief auf Hochtouren und er war augenscheinlich sehr erfolgreich. Die zweite Welle war im Kopf der meisten Menschen angekommen und hatte sich in den für Angstzustände verantwortlichen Hirnwindungen fest angesiedelt. Ein erneuter Lockdown schien zwingend erforderlich, oder viele Menschen würden nicht einfach nur sterben, nein sie würden sogar Opfer von Triage sein.

Die Tatsache, dass es bei genauer Betrachtung der Zahlen weder Übersterblichkeit noch eine nennenswerte Zahl ernsthaft Erkrankter gab, interessierte viele Menschen gar nicht; es galt jetzt stark zu sein und das feindliche Virus mit Masken, Desinfektionsmittel, Abstand und Verzicht auf jeglichen Kontakt zu überwältigen, es auszurotten und so zu besiegen.

Eltern mussten ihre Kinder, die in ausgekühlten, dauergelüfteten Schulräumen saßen und bei jedem leichten Hüsteln und Minimalansatz von Schnupfen glaubten nun einer dieser totbringenden Coronafälle zu sein, mit Mund-Nasenschutz ausstaffieren, und wer es nicht musste, tat es freiwillig, weil der soziale Druck und das eigene Gewissen nichts anderes zuließen. Nach wie vor wurden fleißig Mund-Nasenbedeckungen genäht, so als hätte die Nähmaschine im Haushalt nie einen anderen Zweck erfüllt.

Die vielen Studien, die belegten, dass Masken etwa in dem Maße vor Viren schützen, wie ein Maschendrahtzaun vor Fliegen, interessierten kaum jemandem und die Tatsache, dass dadurch eine Rückatmung des eigenen, ausgeatmetem CO_2 erfolgte und die Dinger wahre Keimschleudern, also in Summe eher gesundheitsgefährdend denn gesundheitsschützend waren, fand wenig Beachtung. Jede Mama und jeder Papa glaubten, wenn die Maske vor dem Mund nur schön bunt ist und sich kindliche Motive im Stoff finden, dann sieht so ein Lappen nicht mehr hässlich aus, dann kleidet er das Kind, ist beinahe ein modisches Accessoire. Und manche Mamis gaben sich sogar besonders viel Mühe und nähten auch Masken für Puppen und Stofftiere, wodurch die Kinder nochmal motiviert wurden, die Maske als ganz normales Kleidungsstück zu akzeptieren, egal, ob das den Maskenträger selbst oder jemanden anderes schützt, Hauptsache man war solidarisch und wurde nicht ausgegrenzt oder gar irgendwo angepöbelt: Maske, Maskenpflicht.

So hatte Sachsens Ministerpräsident Klatschma eine ganz eigenwillige und selbständige Meinung vertreten, als er sagte, dass die Maske zwar nichts bringe und ehr Symbolcharakter habe, aber dass auch er, aus Solidarität mit den anderen Bundesländern, in seinem Land eine Maskenpflicht einfordern würde.

Auch an der Wirtschaft ging die Corona Kontaminierung natürlich nicht spurlos vorbei.

Während Ramazon, Mieferando und viele andere Konzerne riesige Umsätze generierten, und ihre Aktienwerte, wie sollte es auch anders sein, exponentiell stiegen, mussten kleine Unternehmen Insolvenz und Konkurs anmelden, weil sie ihre Rücklagen, die eigentlich der Altersvorsorge dienen sollten, schon infolge des ersten Lockdowns verbraucht hatten. Selbst schuld, sie hätten ja in den guten Zeiten mehr sparen und die Aktien von Ramazon oder Pharmakonzernen kaufen können, dann hätte das Coronavirus ihnen nichts anhaben können. So war es halt Pech, dass so manche Geschäftsfrau und so mancher Geschäftsmann oder Gastronom keinen Ausweg sah, keine Chance mehr für sich, und depressiv wurde,

weil ihr oder sein Lebenswerk die Krise nicht überstanden hatte und so mancher Verzweifelte nur noch
im Suizid eine Lösung des Problems fand. Jede
Krankheit fordert halt auf die eine oder die andere
Art ihre Opfer. Jeder Krieg natürlich auch, und
schließlich befand man sich gerade Mitten im Krieg
gegen den Feind, das Virus.

Ferkel überlegte einen Moment. Krieg, ja Krieg.
Das war gut. Das war eindrucksvoll. Bisher hatte es
immer geheißen, dass bestimmte Einschränkungen
und Verordnungen im Kampf gegen das Virus notwendig seien. Hier war noch eine Steigerung möglich, ein Kampf ist kurz, ein Krieg kann endlos sein,
wie die Geschichte zeigt. Sollte sie einen neuen Mi-
nisterposten schaffen, einen Kriegsminister! Ja, wirklich, ein Krieg ist vielleicht gar nicht mal schlecht. US
Präsident Don Alt war in Europa sehr unbeliebt und,
wenn man den Medien glauben wollte, auch im eigenen Volk. Vielleicht war er deshalb so ungeliebt, weil
er keinen Krieg geführt hatte, im Gegenteil, er hatte
Kriege beendet, wie etwa in Afghanistan, wo er die
amerikanischen Soldaten rausgeholt und mit den Ta-
liban verhandelt hatte. Sein Vorgänger im Amt, Präsident Ohlama, sehr beliebt bei den Europäern und
angeblich auch im eigenen Volk, hatte während seiner achtjährigen Amtszeit immer Kriege geführt und
am Ende dafür sogar den Friedensnobelpreis bekommen. Vielleicht war also Krieg führen eine gute Sache, um Sympathiewerte zu steigern. Viruskrieg ….
Bürgerkrieg! Krieg der Mächtigen gegen das Volk. Irgendwer muss ja schlussendlich mal dem Volk klar

machen, wer in diesem Land das Sagen hat, Souverän hin oder her! Ich bin der Chef.

Ferkel erinnerte sich gerade an eine kleine, eigentlich unwichtige aber dennoch einprägsame Begegnung in ihrem Leben, als ein kleines Mädchen sie fragt, ob sie auch glaube, dass Gott der Chef von alles sei. Damals musste sie zunächst ein bisschen schmunzeln, hatte aber die Frage dann mit einem klaren und eindeutigem JA beantwortet. Jetzt kam ihr das seltsam vor. War denn nicht sie es, die der Chef von alles ist? Zumindest in Deutschland oder besser noch Europa. Und in diesem Fall ist Gendern auch völlig unwichtig, der Chef, die Chefin – Hauptsache Chef. Sollten die Kolleginnen im Bundestag doch gendern, so viel Verbock und die Göre Eckert wollten, das war ihr recht, denn so hatten die Abgeordneten wenigstens keine Zeit, ihre Strategie des lebenslänglichen Machterhalts zu durchkreuzen.

Klar, ich bin nicht der „Chef von alles" aber von allen und ich werde im Schutze der Coronapandemie keine Kritik und keinen Widerspruch gegen meine Anordnungen und Weisungen dulden.

Aber was mache ich mit diesen verdammten „Mehrdenkern", die überall Demonstrationen veranstalten, mit ihrem Bus durch mein Land touren und den Menschen erzählen, das Coronavirus sei so harmlos wie ein Grippevirus. Mehr und mehr Menschen scheinen ihnen zu glauben, obwohl die Medien ihnen keinen Raum für öffentliche Darstellung bieten und sie permanent attackieren. Ich muss diese Delinquenten mundtot machen, mit Maske, Faceschild, Abstandsregeln und anderen Verordnungen. Egal, ich schaffe das! Ich habe schon so vieles geschafft!

Die Weihnachtszeit kam näher bald,

im Ländle wurde es allmählich kalt,

als oben in dem Kanzlersaal,

Frau Ferkel hielt ihr Kanzlermahl.

Ihre Freunde saßen in schimmernden Reihn

und leerten die Becher von funkelndem Wein.

Der Kanzlerin Wangen leuchten Glut,

im Wein erwuchs ihr kecker Mut.

Sodann ergriff sie mit frevler Hand,

einen heiligen Becher, gefüllt bis zum Rand,

und leerte ihn hastig bis auf den Grund

und rief dann laut mit schäumendem Mund:

Deutsches Volk, dir künd ich auf ewig Hohn,

ich bin die Königin auf Deutschlands Thron!

So sprach Frau Ferkel, das war nicht recht,

sie kannte die Mehrdenker wirklich schlecht.

Die Kanzlerin versuchte zu rautieren, um so symbolisch eine Bestätigung ihrer Gedanken zu erreichen, was jedoch nicht mit der alten Leichtigkeit, sondern mal wieder nur mit großer Anstrengung gelang.

Sie musste das Volk weiterhin im Glauben an ein Killervirus halten und die wirtschaftlichen Folgen der Coronamaßnahmen durch noch mehr Geldausschüttungen mildern und so den Mehrdenkern den Nährboden für ihre Kritik entziehen. Allein die Testzahl hochzutreiben, um deutlich mehr positiv Getestete zu produzieren reichte nicht aus, denn immer weniger Menschen ließen sich hiervon beeindrucken, wie der täglich wachsende Widerstand gegen die Freiheitsbeschränkungen zeigte. Durch kumulierte Tests konnte man zwar ein Wachstum der positiven Fallzahlen produzieren, aber es fehlte an Toten und Schwererkrankten, ja überhaupt an Coronakranken. Mittlerweile fanden in beinahe jeder kleinen Stadt Demonstrationen und andere Protestaktionen statt. Sie musste diese Bewegung um jeden Preis aufhalten, es war ihre letzte Chance der dauerhaften Machterhaltung. Warum sollte ihre Kanzlerschaft jetzt enden, wo sie in Relation zu Amerikas alten Präsidentschaftsanwärtern noch so jung war. Was sollte sie denn tun, wenn sie nicht mehr Kanzlerin sein durfte? Sich den ganzen Tag mit Jockel anschweigen oder gar streiten? Geduldig ertragen, wie er ständig zu dieser Leopoldine lief, während sie gelangweilt zuhause saß? Nein, das konnte ihre Perspektive nicht sein, schließlich war sie immer noch Hohls starkes Mädchen, auch wenn es zwischenzeitlich mal ganz anders aussah, so hatte sie doch dank Corona die alten Machtverhältnisse wiederherstellen können, und das wollte sie sich jetzt nicht von dahergelaufenen Ärzten für Aufklärung, Rechtsanwälten für Aufklärung, Epidemiologen und sonst irgendwelchen Wissenschaftlern und Andersdenkenden kaputt machen lassen.

Also musste sie um jeden Preis diese Mehrdenker, Mutigmacher, Eltern gegen Maske und wie die Coronameuterer sich sonst noch so nannten, ausschalten.

Was tun? Krisenstab einberufen! Alle die unhinterfragt zu ihr standen. Nein, unmöglich. Das waren zu viele. Nur die Coronafreunde Maskus Köter, Sins Wahn, Hohlauf Holz, Kalle Lauterkrach und vielleicht noch den Hotte Gehhofer, der für das Innere des Landes zuständig war.

Ein paar kurze Telefonate und die treuen Vasallen waren sofort zur Stelle. Sie hatten kapiert, es galt nicht mehr der Satz Friedrich des Großen: Der Fürst ist der erste Diener seines Staates. Nein, in Pandemiezeiten konnte man wunderbar zum absolutistischem Grundsatz Ludwig XIV. wechseln, ohne dass die Masse der Menschen das bemerken würde. Also war jetzt der Moment für ihr „L´etat cést moi" gekommen. Deutschland als das Land der Änji Ferkel und dies sollte sich bis zu ihrem Tode nicht ändern. Warum auch, jetzt waren ja alle glücklich mit ihrer Politik. Sie bestimmte, was zu geschehen hatte und beinahe alle Politiker waren einsichtig und drängten sich danach, ihren Beitrag zur Stabilisierung der totalitären ferkelschen Herrschaftsverhältnisse zu leisten.

Diese Situation musste sie nutzen, so eine Chance kommt nie wieder. Man einigte sich im Krisenstab schnell darauf, umgehend zu handeln und ein Ermächtigungsgesetz zu erlassen, welches das Parlament außer Kraft setzt und die alleinige unkontrollierte Macht der Regierung übergibt, zumindest für den Zeitraum des Zustandes der nationalen Bedrohung des Landes durch eine Pandemie. Hitler hatte es 1933 so gut hinbekommen sein Ermächtigungsgesetz durchzusetzen, warum sollte es also der wieder erstarkten großen Kanzlerin Ferkel, der Dank Corona wieder mächtigsten Frau der Welt, nicht gelingen, ihr Ermächtigungsgesetz, was man aber, der besseren Lesbarkeit wegen, Bevölkerungsschutzgesetz nennen würde, durchzubringen. Schließlich musste man dazu nur das Volk weiterhin mit glaubhaften Hiobsbotschaften über die Covid 19 Gefahren versorgen, um so die Seuchenangst aufrecht zu erhalten, auch wenn es, für diejenigen, die außerhalb der Mainstreammedien recherchierten, lange schon klar war, dass es keine Pandemie mehr gab, beziehungsweise diese nie gegeben hatte.

Das hochengagierte Fünferteam bestehend aus Pfosten, Wühler, Köter, Wahn und Lauterkrach war zwecks Unterstützung des ferkelschen Herrschaftsapparates unermüdlich damit beschäftigt, täglich neue Horrorszenarien zu präsentieren, Spätfolgen, Mehrfachinfektionen und vieles mehr, aber so wirklich glaubwürdig waren ihre Aussagen und ihr Geschwätz für immer weniger Menschen. Auch gab es nicht mehr so viele eindrucksvolle Bilder, wie jene aus Norditalien zu Beginn des Jahres, wo sich massenhaft angesammelte Särge in überforderten Beerdigungsinstituten stauten. Diese beängstigenden Bilder waren allerdings vor dem Hintergrund entstanden, dass in Italien fast ausschließlich Erdbestattungen durchgeführt werden, was aber, nachdem man das Coronavirus entdeckt hatte, verboten wurde, weshalb die plötzlich angeordnete Feuerbestattung aller Verstorbenen zu einer Überlastung der wenigen, kaum vorhandenen Krematorien führte, sodass sich bei den Bestattern die Särge sammelten.

Die Beschaffung ähnlich tragischer Bilder wurde von Seiten der Bundesregierung an alle Journalisten in Auftrag gegeben, stellte sich aber als schwierig heraus, da selbst in Afrika, trotz all der widrigen Lebensumstände, kaum Coronatote aber dafür viele Hungertote zu verzeichnen waren und es als schwierig erschien, die Bilder von vollkommen abgemagerten ausgemergelten Menschen als Beweis für das Vorhandensein eines Killervirus zu nutzen. Das wäre vermutlich ein Zuviel der Lüge, was dann den Mehrdenkern wahrscheinlich Zulauf gebracht hätte.

Ein solches Vorgehen könnte möglicherweise nicht nur kontraproduktiv im Hinblick auf den Angsterhalt in der Bevölkerung sein, es könnte auch dem spendablen Freund Will States sehr schaden und sein Image als Gutmensch ruinieren, wenn die Leute erst einmal auf die Idee kämen, zu fragen, warum States so viel Geld in Impfstoffentwicklung und Medizinprodukte investiert, statt in den Ausbau der Wasserversorgung, der Nahrungsmittelversorgung, der Sanitär – und Hygieneinfrastruktur der ärmsten Länder dieser Welt, was eben viel dringender notwendig wäre, um Not zu lindern, und dann vielleicht sogar Massenimpfungen überflüssig machen würde.

Gerade war ja wieder anlässlich des Welttoilettentags am 19. November die eindrucksvolle Zahl von mehr als vier Milliarden Menschen ohne Zugang zu einer ordentlichen, sauberen Toilette genannt worden. Hier ist also für alle Stiftungsgutmenschen noch ein gewaltiges Potential, um sich als Wohltäter oder Retter einzubringen. Inwiefern Stiftungen daraus ein lukratives Geschäftsfeld machen können ist zwar fraglich, aber sie könnten es doch zumindest mal versuchen.

Auch hinsichtlich einer besseren Versorgung der Menschen mit wichtigen Vitaminen und Mineralstoffen zum Aufbau eines stabilen Immunsystems als Präventivmaßnahme zum Gesundheitsschutz, besteht noch gewaltiger Handlungsbedarf. Aber scheinbar ist Impfen alternativlos oder einfach nur rentabler! States und andere wollen der Menschheit eben nicht nur ein bisschen, sondern so richtig was Gutes tun!

Noch war die Masse der Menschen nicht ausreichend informiert, um solche Zusammenhänge zu sehen und die aktuelle Gesundheitspolitik zu hinterfragen, noch glaubte die Mehrheit, dass ihre Herrscher und Stiftungspäpste tatsächlich um das Wohl der Menschen bemüht seien und nur zum Schutze der Bevölkerung so rigoros in das Alltagsleben eingriffen.

Oberstes Ziel, darin waren sich alle Regierungspolitiker einig, sollte es sein, jeglichen Widerstand gegen die Maßnahmen, jegliche Kritik hieran zu verhindern, wozu am besten das Bevölkerungsschutzgesetz, wie die Politiker es liebevoll nannten, sofort und ohne jegliche Diskussion verabschiedet und umgesetzt werden musste.

Da man natürlich mit vielen unliebsamen Protestaktionen der uneinsichtigen Freiheitsfanatiker rechnen musste, schlug Hotte Gehhofer vor, die Polizei auf Großeinsätze in Berlin und anderen Städten vorzubereiten und sie mit Schlagstöcken, Pfefferspray und Wasserwerfern auszustatten. Er, als für die Sicherheit des Landes verantwortlicher Innenminister, würde diese Aufgabe gern übernehmen. Wenn die Polizei schon nicht in der Lage sei, etwas gegen islamistischen Terror, Clankriminalität, illegaler Einwanderung, Antifarandale und weitere verbrecherische Handlungen zu unternehmen, so wollte er wenigstens beweisen, dass die Polizei nicht in gleicher

Weise untätig sei, wenn es um den Angriff auf das widerspenstige Volk gehe. Er, Gehhofer sei bereit, für die Regierung einzustehen und viele viele Knüppel an die Polizisten zu verteilen, Wasserwerfer all überall zu platzieren und notfalls würde er selbst die Einsatzbefehle erteilen. Die Menschen sollten entgegen allen bisherigen Erfahrungen erleben, wie stark seine Polizei sein konnte.

„Wohnungsdurchsuchungen und Hausdurchsuchungen musst du auch veranlassen, wenn zu vermuten ist, dass sich mehr als fünf Personen aus zwei Haushalten in einer Wohnung oder einem Einfamilienhaus aufhalten. Dafür brauchst du viele Einsatzkräfte. Am besten die Armee unterstützt deine Polizei bei allen Kontrollen und Sanktionsmaßnahmen. Wir machen sie zu Hilfssheriffs. Sie brauchen auch Knüppel. Vielleicht sollten wir auch Schlagstöcke an die Eltern ausgeben, damit sie ein Drohmittel haben. So ein Stock lehrt die Kinder das Fürchten, wenn sie nicht willig sind, wegen der innerfamilialen Quarantänemaßnahmen in ihrem Zimmer zu bleiben."

So Kalle Lauterkrach, dessen konstruktiver Vorschlag auch umgehend von Hotte aufgegriffen wurde.

„Super Idee, Kalle. Ich bespreche das mit Handknarrenbauer und sie soll dann schon mal die Sheriffcolts und Schlagstöcke bestellen. Es eilt schließlich."

Das Diktaturgesetz wurde ein paar Tage später verabschiedet. Wie erwartet kamen Wasserwerfer, Schlagstöcke und Soldaten gegen die renitenten Widerstandskämpfer zum Einsatz.

Die Kanzlerin war mal wieder überglücklich. Das Gesetz wurde von der Mehrheit in Bundestag und Bundesrat durchgewunken und Scheineier, der Bundespräsidenten von Ferkels Gnaden, stand schon vor dem Ende der Auszählung mit einem Stift bereit, um es zu unterschreiben, so dass wirklich nichts mehr schief gehen konnte. Alles lief zu ihrer vollsten Zufriedenheit.

Einzig etwas Sorge bereitete ihr der Gemütszustand von Pfosten. Er begann zu zweifeln, wurde wankelmütig und schien leicht depressiv. Hatten zunächst nur wenige Wissenschaftler die Brauchbarkeit seines PCR-Tests angezweifelt und widerlegt, so waren es inzwischen sehr viel geworden, die nachgewiesen hatten, dass der Test zur Feststellung einer Infektion gänzlich ungeeignet war. Es bahnte sich eine große Blamage an. Auch andere seiner Aussagen, insbesondere die panischen Zukunftsvisionen über den Pandemieverlauf stellten sich immer mehr als falsch heraus und viele seiner Behauptungen waren einfach nicht evidenzbasiert. Zwar unterstütze ihn die Politik bei der Durchsetzung seiner Sichtweise, indem sie in den Medien nur seine Version des pandemischen Geschehens zuließ und alle anderen Varianten verhinderte, aber dennoch war es täglich schwerer, sich gegen die Anfeindungen zu wehren und weiterhin glaubwürdig zu erscheinen, da die wissenschaftliche Beweislage der Gegenseite erdrückend war.

So war es nicht verwunderlich, dass Pfosten eines Tages weinend im Kanzleramtszimmer saß und um Erlösung bat. Er war erschöpft und auch die Verleihung des Regierungsbedienstkreuzes konnte ihn nicht mehr beruhigen und motivieren weiterhin an seinen PCR-Test als geeignetes Instrument zur Erfassung der pandemischen Lage zu glauben. Diese dauernden TV-Statements in denen er nun schon über Wochen ein Killervirusszenario heraufbeschwor, setzten ihm doch erheblich zu.

Ferkel wusste ihn auch nicht wirklich zu trösten. Sie konnte ihm nicht mal die Hoffnung machen, dass sein Auftrag bald erledigt sei, weil sie jemanden anderes für diesen Job gefunden hätte. Fast alle Virologen vertraten ja die gegenteiligen Positionen und hielten das Virus für so gefährlich oder ungefährlich wie ein mittelschweres Grippevirus. Folglich war Pfosten unersetzlich für die Politik. Sie alle waren in einem Hamsterrad, nachdem sie nun mal die Lawine losgetreten hatten, gab es kein Zurück mehr.

Ferkel stand ein wenig ratlos in ihrem Amtszimmer. Gerade wollte sie ihren Spiegel befragen, als die Dienerin die Ankunft von Sins Wahn und Maskus Köter meldete.

Wahn war sehr aufgeregt:

„Die Mehrdenker erzählen den Leuten bei ihren Versammlungen, dass Pfosten 2009 bei der Schweinegrippe die gleichen Horrorszenarien verbreitet habe, um sich zu profilieren, und am Ende war das Ganze eine riesige Luftnummer. Auch damals wurde durch WHO und RKI eine Pandemie ausgerufen und es wurden massenhaft Infizierten und Tote prognostiziert, was sich dann bei realistischer Betrachtung der Daten schnell als falsch herausstellte. Das tatsächliche Infektions- und Krankheitsgeschehen zeugte ehr von einer relativ harmlosen Grippe."

Köter erinnerte sich:

„Klar Sins, das war damals, als die Bundesländer fünfzig Millionen Dosen Impfstoff geordert hatten, weil ja zunächst eine große Gefahr heraufbeschworen wurde und man von einer massenhaften Impfbereitschaft ausging. Dann war relativ schnell offensichtlich, dass diese H1N1 Virus- Grippe recht harmlos verlief und viele Menschen wollten sich nicht impfen lassen. Also wurde nur die Hälfte der Impfdosen gebraucht und die Länder haben dann auch nicht mehr abgenommen, so dass der Bund auf den ganzen Kosten sitzen blieb. Die Vereinigung der Steuerzahler hat sich mächtig über diese Verschwendung der Steuergelder aufgeregt."

„Ja, richtig. Ich erinnere mich auch, dass die Schweden seinerzeit massenhaft geimpft haben und sich dann später herausstellte, dass dieses Pandemrix erhebliche Folgeschäden verursachte, insbesondere bei Kindern und Jugendlichen."

„Die Schweden haben dann jahrelang hohe Entschädigungszahlungen an die von Narkolepsie, das ist eine Schlafkrankheit, betroffenen Menschen gezahlt. Es kam auch häufiger zu schweren Nebenwirkungen durch dieses Vakzin, wie etwa allergischer Schock und Gesichtslähmungen, und deshalb waren meine Frau und ich ganz froh, dass wir weder unsere Kinder noch uns selbst haben impfen lassen."

Nun erinnerte sich auch Kanzlerin Ferkel:

„Ach, ja, das war damals, als wir seitens der Regierung beschlossen hatten, dass Politiker, Abgeordnete sowie Soldaten einen Impfstoff ohne Wirkungsverstärker bekommen sollten, von einer amerikanischen Firma, während die Normalmenschen mit dem preiswerten Impfstoff, von der britischen Firma Glaxo, der Wirkstoffverstärker enthielt, geimpft werden sollten. Das war dieses Pandemrix. In den Medien wurden wir dafür ziemlich angegriffen, von wegen zwei Klassen Medizin. "

Sins Wahn:

„Falls wir es dieses Mal genauso machen wollen, müssen wir einfach besser aufpassen, dass nichts davon an die Öffentlichkeit dringt, beziehungsweise, wenn doch etwas durchsickert, müssen wir schnell reagieren und der Verbreitung solcher Informationen entgegenwirken, bevor Mehr- und Fairdenker, oder wie auch immer sie inzwischen alle heißen, ihre Kenntnisse über alle Alternativkanäle kundtun."

Maskus Köter:

„Überhaupt wird es Zeit, dass wir diese Typen jetzt mal langsam ausbremsen. Es reicht nicht, sie als Verschwörungstheoretiker und Coronaleugner zu etikettieren, das wirkt nicht mehr abschreckend genug, denn sie haben schon zu viele Anhänger gefunden, zu viele Menschen überzeugt. Wir müssen ihre medialen Möglichkeiten noch stärker beschränken, sonst finden wir bald mehr Menschen, die ihnen glauben, als uns."

„Okay, ich werde mit meinen Beratern zusammen überlegen, wie wir sie gänzlich ausschalten können. Vielleicht gibt es da über Verordnungen eine Möglichkeit. Die öffentlich-rechtlichen Medien sind nach wie vor unsere stärksten Verbündeten; die sagen, was wir wollen und lassen keine andere Position zu. Rubikon, Samuel Eckert, KenFm und wie die ganzen Youtuber Querulanten heißen, können wir sicher zeitnah mundtot machen. Da bin ich optimistisch, wir schaffen das."

Die Gruppe erörterte noch ein paar politische Nebensächlichkeiten und dann verabschiedeten sich die Herren. Als Ferkel wieder allein war, wollte sie kurz die neusten Umfragewerte im Internet recherchieren und dann nach Hause zu ihrem Jockel.

Sie erschrak, allen Umfragen zufolge war ihre Beliebtheit im Land deutlich zurückgegangen. Wie konnte das passieren? War das vielleicht wegen dieser Mehrdenker? Sie nahm ihren Spiegel.

Spieglein, Spieglein in meiner Hand,

gibt es Probleme mit den Mehrdenkern im Land?

Frau Ferkel, Frau Ferkel, oh siehst du denn nicht,

viele denken das Bootsmann Bodo

die Wahrheit spricht.

Alle lieben ihn, und nicht nur seine schöne Gestalt

Du kannst ihn nicht verteufeln,

auch nicht mit Gewalt!

Die Kanzlerin erschrak. So schlecht war es inzwischen wieder um ihre Macht bestellt. Trotz all der Restriktionen gegen Abweichler, trotz Einsatz aller verfügbaren legalen und nicht legalen Machtinstrumente, trotz der großen Unterstützung aller Ministerpräsidenten war diese neue außerparlamentarische Opposition nicht auszuschalten und vielleicht eine ernsthafte Bedrohung für sie.

Ihre Hände zitterten als sie den Spiegel zurücklegen wollte. Wer konnte ihr denn jetzt noch helfen? Vielleicht States!

Mittlerweile zitterte ihr ganzer Körper, sie verlor die Kontrolle über ihre Hände und der Spiegel fiel zu Boden und zersplitterte in tausend Teile. Oh wei, jetzt war auch noch ihr treuer Begleiter, ihr Spieglein hinüber. Das war kein gutes Zeichen. Sie begann zu weinen.

So wunderbar hatte sie sich durch Corona ihren alten Herrschaftsstatus zurückerobert. Fast alle politischen Gegner waren gezwungen, sich auf ihre Seite zu stellen, wenn sie denn nicht als Volksgefährder diffamiert werden wollten. Der Sauerlandfritze war politisch in der untersten Hierarchie auf der Ersatzbank gelandet. Islamistische Gefährder, illegale Einwanderung, Energiepolitik, Außenpolitik, alles war im Zeichen von Corona belanglos geworden. Nie war das Regieren komfortabler gewesen. Und das sollte jetzt möglicherweise bald vorbei sein? Vielleicht wäre dann sogar ihr Image als Coronaretterin dahin!

Schon wieder dieses Zittern. Dazu Herzrasen. Sie sackte in ihren Bürostuhl. So fand sie die Dienerin. Sie verabreichte der Kanzlerin ein Stärkungsmittel. Dann orderte sie den Chauffeur.

Zuhause angekommen, kümmerte sich Jockel um sie. Er sah, dass er Änji jetzt nicht alleine lassen konnte, obwohl er eigentlich zu Leopoldine wollte. Er war aber nicht gewillt ihr eine Hühnersuppe zu kochen, er bestellte Pizza und Salat.

Der Impfstoff

Und dann kam er, der Impfstoff. So schnell wie der PCR Coronatest, so fix kam auch der Impfstoff. Fast hätte man meinen können, die Pharmaunternehmen hätten den Impfstoff schon in weiser Voraussicht lange vor der schrecklichen Pandemie entwickelt, lange bevor das Virus überhaupt existierte. Da soll mal jemand sagen, dass Deutschland in Sachen Bildung und Forschung nur noch im Mittelfeld liegt und keine zukunftsweisenden Ergebnisse mehr erzielt.

Beiontech, Pfeizer ganz ganz super. Nach sieben Monaten hatten sie schon einen Impfstoff gefunden. Wahnsinnig schnell, was normalerweise sieben und häufig sogar noch mehr Jahre dauert, haben sie während ein paar Monaten geschafft. Hochachtung! Da haben wir es wieder, dass Made in Germany nicht nur erstklassig ist, sondern auch schnell. Deutsche Pharmafirmen sind die ersten, wenn man mal von der russischen Impfstoffvariante absieht, die gar nicht gut sein kann, allein schon deswegen nicht, weil sie in sechs Monaten zusammengebastelt wurde. Das muss Teufelszeug sein, ein Impfstoff, dessen Entwicklung nur sechs Monate braucht. Bei sieben Monaten war das etwas anderes, aber nur sechs Monate, sorry, so ein Impfstoff kann nicht ausreichend getestet sein. Das widerspricht allen deutschen pharmazeutischen Standards.

Kurze Zeit darauf ist mit Pharmahersteller Moderner der nächste Anbieter auf dem Markt und das, mit einem Produkt, welches angeblich die bisher alles übertreffende Wirksamkeit von fünfundneunzig Prozent erzielt.

Als nächstes war dann Astra Seneca dabei. Ein Wettlauf war entfacht. Wirklich faszinierend, wie schnell jetzt so viele Unternehmen kurz hintereinander einen Impfstoff auf den Markt brachten. Gewaltig, dieser Fortschritt. Super, das Will States einer der Miteigentümer von Beiontech war, und gut, dass er überhaupt so viel Interesse an der pharmazeutischen Industrie und der Impfstoffentwicklung hatte, und gut, dass er so ein großer Philanthrop und ständig um das Wohlergehen der Weltbevölkerung besorgt war und noch besser, dass er zur erfolgreichen Schnellentwicklung der Impfstoffe aktiv beigetragen hatte indem er das Teleskopieren, wenn auch nicht erfand, so doch dessen Anwendung im Zusammenhang mit Covid19 forciert hatte.

Teleskopierung bedeutet im Zusammenhang mit der Impfstoffentwicklung nichts anderes, als dass die einzelnen Forschungs- und Entwicklungsphasen nicht nacheinander durchgeführt werden, so dass das Ergebnis von Phase A Grundlage für Phase B ist und so weiter, sondern es beginnt Phase B, bevor Phase A abgeschlossen ist, die Phasen verlaufen sozusagen zeitlich parallel statt chronologisch. Daher sind die Ergebnisse der jeweiligen Phase nicht die Basis für die nächste Phase, was aber eigentlich notwendig ist. Ein solches Vorgehen ist normalerweise für die Impfstoffentwicklung unhaltbar, aber wenn Will States sagt, wir teleskopieren jetzt mal fleißig, weil es schneller gehen muss, so wird das vermutlich seine Richtigkeit haben, denn er ist schon seit Jahren als Impfexperte unterwegs. Wahrscheinlich kennt er sich besser aus, als Kalle Lauterkrach, zumindest wenn man dessen Ex-Frau Angeli Schmelsberg, die immerhin keine Politikerin, sondern anerkannte Epidemiologin ist, Glauben schenken darf.

Dank der Pflege ihres Gatten war die Kanzlerin nach zwei Tagen Bettruhe wieder fit und ließ sich durch den kleinen Schwächeanfall nicht davon abbringen, ihre Amtsgeschäfte so schnell wie möglich wieder aufzunehmen.

Als erstes rief sie ein paar ihrer externen Berater zu sich, denn die Frage, wie man diese Mehrdenkerbrut in ihre Schranken weisen und die weitere Verbreitung von freiheitlichem Gedankengut verhindern konnte, musste nun unbedingt eine Antwort finden, bevor die Dinge eskalierten.

Als Ergebnis der Beratung war festzuhalten, dass ein Mediengesetz, oder falls das nicht möglich wäre eine Verordnung, die Nutzung von Videokanäle reglementieren sollte, und zwar in dem Sinne, dass für alle Kanäle mit mehr als zwanzigtausend Zuschauern eine Genehmigung erforderlich sei. So konnte man zwar nicht gänzlich und in jedem Fall, aber immerhin doch indirekt, eine Zensur einführen und den Streamern Grenzen setzen.

Ferkel freute sich, dass das Gespräch so ergiebig gewesen war und belohnte die Berater mit einem Gutschein für eine Corona Vorzugsimpfung, womit sie die Chance hatten zu den ersten 10000 Geimpften zu gehören. Das sollte eine besondere Auszeichnung sein. Allerdings hatte sie den Eindruck, dass die Berater lieber den sonst üblichen Wellnessgutschein gehabt hätten. Sie empfand das als ein wenig undankbar.

Kaum war Ferkel wieder allein im Büro, da klingelte das Telefon. Der Pfosten! Er schluchzte. Sie konnte ihn kaum verstehen. Meine Güte, was für ein jämmerliches Bübchen!

„Was ist denn schon wieder los, Pfosten. Jetzt jammer hier bloß nicht rum, weil du die Maske tragen musst. Sind doch immer nur ein paar Minuten, dann kannst du sie ablegen. Die Kinder in den Schulen müssen sie viel länger tragen als du und sie müssen dabei noch in unterkühlten Räumen sitzen. Was meckerst du also?"

„Nein, nein Änji, es ist nicht wegen der Masken. Es ist schlimmer, es ist wirklich schlimm. Diese Anwälte für Aufklärung, diese Ärzte für Aufklärung, Eltern für Aufklärung und wie sie alle heißen, die behaupten ich hätte keine Doktorarbeit geschrieben und Sars CoV 2 sei kein Killervirus und ich hätte nur

Panikmache betrieben. Und vor allem, da ist dieser Anwalt aus Göttingen, dieser Müllmich. Er will mich verklagen. Verklagen will er mich! Das muss sich mal einer vorstellen."

„Ja, mein lieber Pfosten, tut mir leid für dich, aber wie soll ich dir da helfen. Nimm dir einen guten Anwalt und dann wird's schon werden. Der Staatssekretär kann dir sicher ein paar erstklassige Anwälte empfehlen und die Kosten können wir dann über das Kanzleramt abwickeln. Mach dir keine Sorgen, das kriegst du schon hin."

Ferkel wusste, Menschen in Krisenzeiten musste man aufbauen und ihnen Hoffnung machen. Das war oberstes Gebot. Man musste ihnen die Ängste nehmen! Es sei denn, man wollte, dass sie Angst haben!! Aber ein ängstlicher Pfosten war nicht gut für sie. Jedenfalls jetzt noch nicht.

„Dieser Müllmich, will mir und Wühler ne Menge Müll anhängen, sozusagen. Und nicht nur mir. Letztlich uns allen. Er behauptet, mein Produkt, der PCR-Test, könne keine Infektionen nachweisen und auf der Grundlage dieses Testes hätte man niemals eine Pandemie ausrufen und keinesfalls die ganzen Maßnahmen, die so viele wirtschaftliche und private Schäden verursacht haben, veranlassen können. Verstehst du, mit seiner Produkthaftungsklage will er uns schadensersatzpflichtig machen gegenüber all den Menschen, die sich durch die Maßnahmen eingeschränkt und geschädigt fühlen. Er macht das als Sammelklage in den USA. Weißt du, was das für mich bedeutet? Ich bin am Ende, wenn er das macht, und du auch, wir alle."

„Pfosten, jetzt beruhig dich mal. Dieser Müllmich ist vermutlich nur ein Schaumschläger. Mir kann der keine Angst machen. Wichtig ist, dass du jetzt bei deinen Behauptungen bleibst und nicht umkippst. Wir haben es mit dem gefährlichsten Virus aller Zeiten zu tun und dein PCR-Test weist die hohe Zahl der Infizierten nach, da soll uns erst mal wer das Gegenteil beweisen."

„Das ist es ja gerade, sie behaupten, dass sie genau das können und dieser Müllmich steht nicht allein da, es sind noch über hundert andere Anwälte hier in Deutschland und viele in Amerika. Sie alle wollen mir was ans Zeug flicken ... äh ... an meinen weißen Kittel meine ich. Sie haben mit ihrem außerparlamentarischen Corona-Untersuchungsausschuss monatelang recherchiert und Wissenschaftler befragt und können nun beweisen, dass der PCR Test keine Infektionen feststellen kann und es deshalb keine Legitimation für all die Coronamaßnahmen gibt. Und Wühler und ich sollen vorrangig dafür haften und die Regierung natürlich auch, weil ihr ja auf der Basis der Positv- Getesten all die Grundrechtseinschränkungen beschlossen und die sich daraus ergebenden Folgeprobleme verursacht habt.

Ich kann nicht mehr, Änji, ich will aufhören. Ich muss aufhören!"

„Mensch Pfosten, lass dich bloß nicht in Panik versetzen und mach jetzt nicht schlapp, wir müssen das durchziehen. Du musst deine täglichen Panikbotschaften bringen, du darfst dich nicht verunsichern lassen. Wir sind bald am Ziel. Der Impfstoff ist fast reif für die Spritze, es kann nicht mehr lange dauern. Solange musst du durchhalten. Und außerdem, sei bitte kein Narr, glaubst du denn allen Ernstes, wenn du jetzt die Unbrauchbarkeit des PCR-Testes eingestehst, kommst du straffrei davon und kannst die Millionen einfach so behalten, die du zusammen mit Olfert Land am Test verdient hast?"

„Dass ich an dem Test verdient habe, kann mir keiner nachweisen. Das haben die Mehrdenker schon versucht, ist ihnen aber nicht gelungen. Bei Olfert ist das was anderes, er hat nachweislich gewaltig verdient, aber warum sollte er in Haftung genommen werden für ein Produkt, welches die WHO weltweit empfohlen hat und welches die Gesundheitsminister unzählig vieler Länder unbedingt in Massen haben wollte. Er hat das Produkt doch nur produziert, dann verkauft und natürlich daran verdient. Das ist doch ganz normal. Wie ein Testergebnis dann interpretiert wird, ist nicht Olferts Sache. Aber mir wirft man vor, ich hätte wissentlich ein Produkt empfohlen, was nicht funktioniert, nur um mich zu bereichern und Anerkennung als Wissenschaftler zu finden."

„Pfosten, denkst du denn ernsthaft, dass dir irgendwer abnimmt, du hättest an den Tests nichts verdient? Dann müsstest du ja total blöd sein, wenn Olfert Land und andere mehr als gut an deinem Test verdienen und du nicht. Das glaubt dir kein Mensch. Und auch, dass du versuchst, dem Wahn die Schuld für die Gleichsetzung positiv Getesteter mit Infizierter zuzuschieben ist nicht korrekt. Du hast in deinen Statements diese Gleichsetzung immer wieder vorgenommen. Wir als Regierung haben das nur von dir übernommen. Aber egal! Wir müssen jetzt zusammenhalten und weitermachen. Ich werde zu dir stehen. Und das Volk steht zu mir, jedenfalls die große Mehrheit. Sie glauben immer noch an das Killervirus, sie denken, dass ich mit meinen Maßnahmen ein Massensterben verhindert haben. Die ganze Menschheit glaubt das und so soll es auch bleiben. Also nimm ein Beruhigungsmittel und halte heute Abend wie üblich deine Fernsehansprache. Wir dürfen uns nicht beirren und schon gar nicht provozieren lassen durch diese Klage."

„Naja, gut. Vielleicht hast du recht und wir sollten wirklich einfach so weitermachen wie bisher."

Kaum war das Telefonat beendet, da erschienen Wühler und Sins Wahn zusammen in Ferkels Amtsstube.

„Hast du schon gehört Änji, dass dieser verrückte Anwalt, dieser Müllmich uns auf Schadensersatz verklagen will. Eine Sammelklage soll das werden. Er behauptet, Pfosten und ich hätten falsche Tatsachen bezüglich des PCR Tests behauptet und damit seien wir verantwortlich für die Kollateralschäden der

Coronapolitik. Weißt du, was das bedeutet? Das kann uns nicht nur unser Vermögen kosten, das ruinierte vielleicht unser ganzes Leben und das unserer Familien. Und ihr seid dann auch mit dran, das ist ja klar. Wir haben nur die pandemische Lage beschrieben, ihr habt die politischen Entscheidungen getroffen und umgesetzt."

„Mensch, Wühler, beruhig dich. Die Sammelklage funktioniert nur in Amerika. In Deutschland können nur einzelne Firmen klagen, es gibt hier keine Sammelklage. Für die kleinen Firmen ist so eine einzelne Klage viel zu teuer und zudem wissen die genau, dass wir da am längeren Hebel sitzen und dass die Unabhängigkeit der Gerichte mehr ein Wunsch als eine Realität ist. Außerdem hat die Masse der Menschen hierzulande noch viel zu viel Angst, als dass sie sich gegen die Maßnahmen auflehnen und juristische Mittel anwenden würden. Die Mehrheit der Bevölkerung glaubt weiterhin an die Gefährlichkeit des Virus und vertraut uns. Wir bringen jetzt schnell den Impfstoff auf den Markt und dann denkt niemand mehr an eine Klage. Die großen Konzerne haben wir bereits mit gewaltigen Geldsummen für geschäftliche Einbußen entschädigt, weshalb es für die überhaupt keine Veranlassung gibt, euch oder gar uns zu verklagen. Glaub mir, ich habe die Situation im Griff, oder siehst du das anders, Sins?"

„Naja, ein bisschen Sorgen mache ich mir schon wegen dieses Müllmich und seiner Gefolgschaft. Die haben monatelang intensiv recherchiert und viele hochgradig renommierte Experten befragt, und als Zeugen gewonnen, die kann man nicht mehr nur als Coronaverschwörer diskreditieren. Ich glaube dann unterschätzt man sie. Dazu die Forschungsergebnisse von diesem Stanfordprofessor Ioannidis, wonach weltweit nur 0,25 Prozent der Infizierten an oder mit Covid19 sterben, und dann auch eigentlich nur die sehr alten und vorerkrankten Menschen. All das passt nicht wirklich zu dem, was der Pfosten den Leuten jeden Tag erzählt und da könnte doch dieser oder jener ins Grübeln kommen und sich mal genauer informieren. Was denkst du, Wühler?"

„Ich sehe das ähnlich. Und dann hat auch kürzlich sogar die Senatsverwaltung von Berlin festgestellt, dass der PCR-Test für die Feststellung einer epidemiologischen Lage nicht angewendet werden kann, was natürlich völlig konträr ist zu dem was Pfosten und ich jeden Tag erzählen."

„Dann das Gerichtsurteil in Portugal, wo ganz klar festgestellt wurde, dass ein positiver PCR-Test nicht der Maßstab für eine Infektion sein kann."

„Auch wissen inzwischen immer mehr Bürger, dass Pfosten bei der Panikmache im Zusammenhang mit der Schweinegrippe 2009 eine wesentliche Rolle spielte. Die Leute vergessen nicht, dass er schon damals mit seinen Prognosen bezüglich der Gefährlichkeit des Virus absolut daneben lag und sie zweifeln allmählich an seiner Glaubwürdigkeit und an seinen Fähigkeiten."

Ferkel erinnerte sich nun auch:

„Ja, dieser Film auf Arte, wie hieß er noch gleich? Klar: Profiteure der Angst! Vielleicht sollten wir uns mal um die Filmemacher kümmern, um zu verhindern, dass das jetzt wieder passiert. So einen Film zu produzieren, meine ich."

Wühler:

„Was machen wir denn jetzt bezüglich der Klage? Sollen wir zurückrudern, sollen wir Irrtümer einräumen? Haben wir irgendwelche Möglichkeiten die Klage zu verhindern. Soll ich mich von Pfosten distanzieren? Irgendwas muss ich doch tun."

Die Kanzlerin:

„Nein Wühler, wir ändern nichts. Wir warten erst mal ab. So einfach ist die Sache mit der Klage nicht. In Deutschland sowieso nicht, denn schließlich habe ich ja die Richterposten besetzt und auch nach Amerika habe ich gute Verbindungen. Meine Freunde in Amerika, ich nenne da nur mal Will States, sind sehr einflussreich. Ich denke sie unterstützen uns, wenn es nötig wird, mit allen verfügbaren Mitteln und damit meine ich nicht nur die legalen. Außerdem ist jetzt die kalte Jahreszeit, Grippetote gibt es nicht mehr, folglich wird es mehr Coronatote geben, das hilft uns, den Angstpegel in der Bevölkerung stabil zu halten. Jeder Psychoanalytiker und jeder Herrschaftstheoretiker sagt, eine Angstpsychose sei das beste Instrument, um Menschen zu formen und zu lenken. Und wir wissen, dass das bisher ganz wunderbar geklappt hat. Also weitermachen wie bisher, keinesfalls ein Strategiewechsel, das würde vermutlich wie ein Schuldeingeständnis wirken. Das Virus ist tödlich und wir bringen jetzt so allmählich den rettenden Impfstoff zum Volk."

Sins Wahn:

„Du hast recht Änji, wir sollten uns nicht aus der Ruhe bringen lassen, nur wegen so eines querdenkenden Amianwalts. Hier in Deutschland kann der uns gar nichts. Die Wähler glauben nach wie vor, wenn wir nicht hart durchgreifen mit unseren Maßnahmen, werden viele Menschen schwer erkranken und sterben! Sie haben die Maßnahmen bisher akzeptiert, warum sollte sich daran gerade im Winter, wo eh mehr Menschen sterben, etwas ändern. Nicht nur Gretchen kann „I want you to panic" wir können das auch."

Ferkel:

„Richtig so, Sins. Ich dachte schon, dein alter Kampfgeist hätte dich verlassen! Du weißt doch, wir schaffen das!"

Wühler:

„Ja, wenn ihr meint, dass unser Weg alternativlos ist, dann halt weiter so und hoffen, dass alles gut geht."

Ferkel:

„Sins, wieviel Impfstoff hast du eigentlich bestellt."

Sins Wahn:

„Achtzig Millionen, so wie wir besprochen hatten. Ich habe jetzt schon ein bisschen Sorge, dass das vielleicht zu viel ist. Auch wegen des Impfstoffs werden die Leute zunehmend kritischer. Ich hoffe, dass wir dann nicht auf dem Zeug sitzen bleiben, so wie damals bei der Schweinegrippe."

Ferkel:

„Dann sieh mal zu Wühler, dass du deine Arbeit ordentlich machst und das Ganze nicht versaust. Du und der Pfosten, ihr müsst die Vorgaben machen, um die Leute weiterhin in Seuchenstimmung zu halten, dann werden sie uns den Impfstoff aus der Hand reißen. Sowas wie 2009 mit der massenhaften Impfverweigerung wird es diesmal nicht geben. Dafür werden Maskus, Kalle, Sins und ich schon sorgen. Das habe ich Will States versprochen. Er will sieben Milliarden Menschen impfen, und wir werden unseren Beitrag dazu leisten. Da gibt es Mittel und Wege!"

Wir impfen euch, und das schon sehr bald,

und seid ihr nicht willig, so passierts mit Gewalt!

Sins Wahn:

„Da wir ja jetzt alles Geschäftliche besprochen haben, möchte ich kurz zum Privaten kommen. Ihr wisst, ich habe eine sehr schöne große Villa gekauft, die uns fast fünf Millionen gekostet hat. Die würde ich gerne allen Freunden mal präsentieren und deshalb gebe ich nächste Woche Samstag einen Empfang, zu dem ich euch mit euren Partnern oder Partnerinnen herzlich einlade. Ich möchte, das nur schon mal bekannt geben, eine schriftliche Einladung kommt natürlich noch."

Wühler:

„Ja, geht denn das? Ist nicht eine Zusammenkunft von mehr als fünf Personen in einer Wohnung bei hohen Strafen verboten."

Sins Wahn:

„Ja, das ist richtig. Aber ich habe vorgesorgt, der Innensenator und die Polizeipräsidentin sind auch eingeladen. Ich denke ihr wisst, was das bedeutet. Also keine Sorge. Es handelt sich schließlich nicht um eine Hochzeit mit hunderten von Menschen, wie sie im Ruhrgebiet unter Migranten üblich sind, sondern um einen harmlosen Empfang mit nur circa neunundneunzig Gästen."

Dieses Argument hatte Ferkel und Wühler überzeugt und da sie Sins nicht enttäuschen wollten, bedankten sie sich höflich für die Einladung und sagten zu.

Am nächsten Tag erschienen Maskus Köter und der Nordrheinwestfale Latschenamin im Kanzleramt. Mit erboster Mine berichtete Köter über die gewaltigen Missstände in seinem Land. Überall gab es inzwischen Aufständische, die die Einschränkung beinahe sämtlicher Freiheitsrechte und viele seuchenbekämpfungsnotwendige Verhaltensvorschriften nicht mehr akzeptieren wollten.

„Änji wir müssen was gegen den Ungehorsam der Bürger tun. Sie wollen draußen im Freien keine Masken tragen, nicht auf Bahnsteigen, nicht in Parks, nicht in Fußgängerzonen und nicht bei Waldspaziergängen. Ganze Herden von Eltern holen sich den Maskenbefreiungsschein für ihre Schulkinder. So kann es nicht weitergehen. Alte Menschen gehen spazieren und setzten sich dann einfach auf eine Bank, wo schon ein anderer sitzt, und das oftmals ohne Maske. Wir müssen die Zügel anziehen, wir müssen für die Missachtung der Vorschriften hohe Geldstrafen verhängen, damit die Leute kapieren, dass jetzt Wohlverhalten angesagt ist."

„Ja, Maskus, du hast recht. Das ist eine verheerende Entwicklung. Am besten, wir ordnen jetzt mal Hausarrest für die gesamte Bevölkerung an, damit sie uns wieder ernst nehmen. Und jede Gemeinde soll dann auf der Internetseite ein Formular haben, womit die Menschen bei Nichteinhaltung der Quarantäne einander schnell anzeigen können. Das erleichtert uns die Strafverfolgung, wenn wir die Verängstigten mit einbeziehen und zu Kontrollinstanzen machen. Auch müssen wir bei Youtube, Twitter und dergleichen stärker eingreifen, damit dort der Glaube des Volkes an die Regierung nicht beschädigt wird."

Latschenamin wollte dieses angeregte Brainstorming natürlich auch mit einer konstruktiven Idee bereichern:

„Wir können den Menschen, die andere wegen Missachtung der Verhaltensvorschriften anzeigen, einen Orden verleihen. Oder eine Geldprämie zahlen. Zum Beispiel so fünfzig Euro für jeden angezeigten Fall. Und Ärzten können wir mit Entzug der Approbation drohen, wenn sie Maskenatteste ausstellen. Wir müssen nochmal so richtig auf die Angstpauke hauen."

Maskus:

„Mann, Latschenamin, nicht schlecht, was du da vorschlägst. Hätte dir gar nicht so viel Fantasie zugetraut. Wie siehts denn aus mit dem Demonstrations- und Versammlungsrecht, Änji? Können wir das irgendwie außer Kraft setzen. Sollten wir da nicht drüber nachdenken?"

„Nee, dass ist noch zu früh Jungs, das kriegen wir nicht durch. Dann werfen diese verrückten Mehrdenker uns noch mal lautstark vor, wir wollten die Demokratie abschaffen. Wir allein können das auf keinen Fall, aber ich werde das beim nächsten Besuch mit der Flintenmuschi besprechen, ob sie da auf EU-Ebene eine Chance sieht.

So, das war es dann für heute. Ich denke wir machen morgen wieder eine große Konferenz mit allen Verantwortlichen aus der Regierung und den Ministerpräsidenten um den Maßnahmenkatalog im Detail zu besprechen, und so ein einheitliches Vorgehen in allen Bundesländern sicherzustellen."

Zuhause angekommen überraschte Jockel sie mit einer ganz speziellen Neuigkeit. Er hatte gerade im Internet eine brandaktuelle Information zu Corona gelesen: Pupsen mit Corona. Studie überrascht mit neuen Ergebnissen über Ansteckungsgefahr! Er hatte das auf der Seite Ruhr24 gelesen und zeigte es Änji umgehend.

Super, genau das hatte ihr noch gefehlt. Das würde dem Angstfaktor noch mal richtig Auftrieb geben.

Jockel lächelte sie an:

„Na, dann kannst du jetzt eine neue Vorschrift erlassen: Pampas für alle als Infektionsschutz."

„Lass den Quatsch, Jockel. Mir ist heute nicht zum Lachen zumute. Aber grundsätzlich ist das eine gute Nachricht für mich. Das Land braucht mich als die Retterin des Volkes vor der großen Seuche mehr denn je. Und umso größer die Infektionsgefahr, umso mehr wird man mich für meine Schutzmaßnahmen lieben. Ich werde die Schutzgöttin sein. Und was können am Ende Köter, Wahn, Sauerlandfritze und der Latschenamin gegen mich ausrichten, wenn ich die Schutzgöttin bin?"

Somit wurde dieser Abend entgegen allen Erwartungen doch noch zu einem glücklichen Abend im Leben der Kanzlerin.

Am nächsten Tag telefonierte Ferkel mit Will States. Sie bedankte sich bei ihm für die beschleunigte Impfstoffherstellung und insbesondere dafür, dass die Unternehmen, in die seine Stiftung erheblich investiert hatte, wie etwa Beiontech, wo er im September des Vorjahres mit hundert Millionen Dollar eingestiegen war, die schnelle Notfallzulassung beantragt hatten. In Deutschland war diese Notfallzulassung etwas komplizierter, aber Ferkel hoffte, dass das Biotec Unternehmen Curevac aus Tübingen, wo States seit 2015 mit zweiundfünfzig Millionen beteiligt war, auch bald eine Zulassung bekäme. Schließlich war States ein einflussreicher Mann und da musste doch was möglich sein.

„Du weißt ja Änji, die Weltbevölkerung umfasst zurzeit 7,8 Milliarden Menschen und ich will sieben Milliarden von ihnen impfen. Da werden alle großen Pharmakonzerne mit der Impfstoffherstellung gut zu tun haben. Wir werden die Menschheit mit genmanipulierten Impfstoffen retten und du hilfst mir. Kläuschen der Schwab hilft auch und alle gemeinsam werden wir dann das Great Reset Programm des Weltwirtschaftsforums durchführen. Ihr Regierungen auf der ganzen Welt müsst nur durchhalten und die Menschen weiterhin einschüchtern und ihnen Angst machen, damit wir die jetzige Politik fortsetzen können. In Deutschland hat das ganz wunderbar geklappt, weil die meisten Deutschen sehr diszipliniert und gehorsam sind. Du hast einen tollen Job gemacht und bist ein großes Vorbild für andere Staatslenker. Ich kann dir nur zu deinem Erfolg gratulieren. "

„Danke Will, so viel Lob habe ich lange nicht bekommen. Das ist Balsam für meine Seele."

„Wenn wir dann alle geimpft haben, können wir sagen, Corona hat sich erledigt, wir haben euch gerettet und jetzt bauen wir die neue Gesellschaft. Eine großartige klimaneutrale hochtechnologisierte Gesellschaft in der die Menschen nicht mehr nachdenken müssen, weil wir das für sie machen. Wir, die großen Stiftungen, die großen Konzerne und die politischen und ökonomischen Eliten dieser Welt werden Großes bewirken! Wir werden den Menschen sagen, was gut für sie ist, wir werden alle mit genügend Mitteln ausstatten, dass sie sorgenfrei leben können und wir werden sie vor allen Naturkatastrophen schützen."

„Ja, Will, so wird es sein, wir Großen gestalten eine schöne neue Welt. Und denk dran, du und das Kläuschen, der Schwab, ihr habt mir versprochen, dass ich, solange ich lebe, mit am Tisch der Großen sitzen darf. Nicht dass ihr plötzlich auf die Idee kommt und ersetzt mich durch Maskus Köter oder Sins Wahn."

„Nein Änji, das wird nicht passieren. Du genießt weltweite Beliebtheit und Anerkennung, da wären wir dumm, wenn wir dich gegen einen Provinzler austauschen würden. Du kannst unseren großen Neustart nach Corona viel besser repräsentieren. Aber es ist schon sehr auffällig, wie häufig Köter und Wahn jetzt neuerdings bei mir anrufen und Kläuschen sagt das auch. Die beiden wollen ständig darüber berichten, welche großartigen Maßnahmen sie wieder durchgeführt haben, um zur Seuchenhysterie beizutragen. Das Ganze erinnert mich sehr an strebsame Schulkinder: Herr Lehrer, ich weiß was!"

„Für mich war das während der letzten Monate sehr angenehm, Will, dass die beiden zu systemtreuen Strebern mutierten, denn das hat mir das Regieren sehr erleichtert, aber ich habe auch immer vermutet, dass noch andere egoistische Motive hinter ihrem angepassten Verhalten stecken. Wie sieht es denn aus mit dem Sauerlandfritze, schleimt der auch bei euch rum?"

„Der ruft nur gelegentlich mal bei mir an, ist aber ehr Smalltalk. Im Gegensatz zum Angebergeschwätz von Köter und Wahn versucht er nicht, mit großen Taten zu beeindrucken. So Änji, jetzt muss ich unser Gespräch leider abbrechen, bin noch mit dem Chef von der WHO zur Videokonferenz verabredet. Ich muss ihm sagen, was als nächstes zu tun ist. Nachdem er die Nutzung des Pfosten PCR-Tests weltweit empfohlen hat, soll er jetzt die Notfallzulassung der Impfstoffe vorantreiben, damit das Geld meiner Stiftung auch Profit bringt und wir den Menschen die schöne neue Normalität bringen können."

„Okay, Will. Dann lass dich nicht aufhalten. Bis dann!"

Unterstützt von ihren Politgenossen, als da waren die Ministerpräsidenten und die besonders an der Coronapolitik beteiligten Bundesminister, aber auch die exponierten Lautschreier wie Kalle Lauterkach und Maskus Köter, schaffte Ferkel es, das die Mehrheit der Bevölkerung wider aller wissenschaftlichen Erkenntnisse weiterhin an das Killervirus glaubte.

Freiheitsbeschränkungen und totalitärer Führungsstiel wurden zwar als unangenehm empfunden, aber irgendwie doch als notwendig hingenommen.

Die Notfallzulassung der Impfstoffe erfolgte Anfang Januar und wurde der Bevölkerung als verspätetes aber dafür umso großartigeres Weihnachtsgeschenk präsentiert. Viele ließen sich freiwillig impfen. Einige sorgten sich sogar, dass es nicht genug Impfdosen geben und sie keine abbekommen würden. Andere wollte diese Impfung nicht, hatten keine Angst vor Husten, Schnupfen, Heiserkeit, hatten Angst, dass es einen Impfzwang geben könnte. Direkt oder indirekt! Vorstellbar war alles: keine Reise ohne Impfung, kein Flug, kein Restaurantbesuch, schlimmer noch, keine Krankenhausbehandlung und und…

Will States, der du bist unser Retter,

gelobt sei dein Name, auf der ganzen Welt;

dein Impfstoff komme, dein Wille geschehe,

wie bei der WHO, so auch überall auf Erden.

Unseren wichtigen Impfstoff gib uns heute,

und gib ihn auch jenen, die in Afrika hungern,

und eigentlich lieber was zu essen hätten.

Sie wissen ja nicht,

dass Corona schlimmer ist als der Hungertod.

Und führe sie nicht in Versuchung,

der Impfung zu entsagen.

Denn dein ist die Macht

und der Profit in Ewigkeit.

Viele freuten sich über die rettenden Aktivitäten der Gruppe um Will States.

Viele freuten sich auf eine Zukunft mit neuer Normalität unter Anleitung der großen Konzerne und der vom Weltwirtschaftsforum ernannten Eliten.

Viele waren bereit einen Großteil ihrer Souveränität und auch ihrer Privatsphäre zugunsten eines übermächtigen global agierenden Staatswesens zu opfern, weil sie sich im Gegenzug davon eine gewisse Sicherheit und Schutz bei transnationalen Gefährdungslagen wie Natur- und Umweltkatastrophen, echten Pandemien, Terrorangriffen und dergleichen mehr, versprachen.

Viele hatten Angst vor dieser Zukunft. Man nannte sie Verschwörer.

Sie befürchteten, dass die autoritäre Kontrolle und Beaufsichtigung der Bürger durch die Staatsorgane niemals mehr enden, ja, vermutlich sogar noch intensiviert würde. Sie waren nicht so folgsam, wollten keine Führung und Aufsicht von oben, wollten das Denken nicht allein den Damen und Herren der WEF Elite überlassen, auch wenn der Widerstand gegen die Mächtigen sehr viel Kraft kosten würde.

Ich danke für die Inspiration

- den Akteuren der Corona Info Tour 2020

- Sucharit Bhakti und Karina Reis

- Rainer Füllmich

  und vielen, vielen anderen aus der Querdenken-
  Verschwörerszene

Als Vorlage für die experimentelle Lyrik dienten:

Goethe: Erlkönig   Prometheus

Heine: Belsazar

Fontane: Herr von Ribbeck

Bettina Wegener: Kinder

Deutsches Volkslied   Die Gedanken sind frei
(unbekannter Freiheitskämpfer um 1780)

Gebrüder Grimm: Schneewittchen

Zeitfracht Medien GmbH
Ferdinand-Jühlke-Straße 7
99095 Erfurt, Deutschland
produktsicherheit@kolibri360.de